Savia

ciencias sociales

sm

4 primaria

TU LIBRO

Qué importante es…

- conocer la Tierra.
- frenar la contaminación.
- organizar la convivencia.
- …

Comenzarás cada unidad reflexionando sobre un valor a partir de un texto o una imagen.

Secciones más destacadas

CONTENIDOS

Los textos y las imágenes te ayudarán a aprender.

TALLERES

Podrás practicar las técnicas de las Ciencias Sociales.

ORGANIZA TUS IDEAS Y REPASA LA UNIDAD

Un esquema y actividades que te ayudarán a repasar.

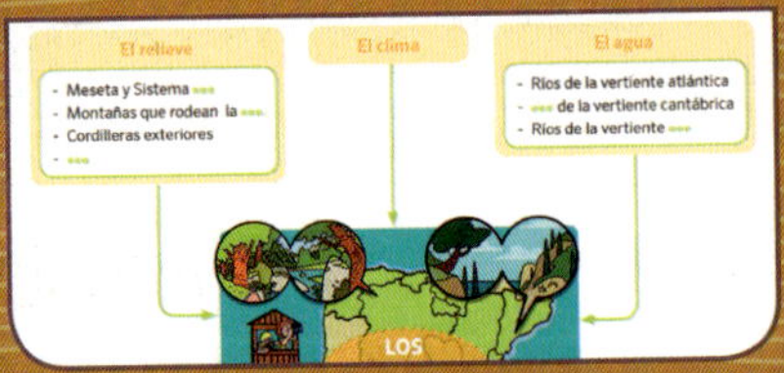

Ponte a prueba

Pon en marcha tus competencias y comprueba lo que has aprendido con la **tarea final**.

REVISTA

Noticias y curiosidades para saber más.

Y además…

Con tus unidades

ATLAS. MI PAÍS Y MI COMUNIDAD

Conoce más datos sobre tu país y tu comunidad autónoma.

Al final de cada trimestre

- COMPRUEBA LO QUE HAS APRENDIDO.
- PROYECTO TRIMESTRAL.

Al final del libro

APRENDE MÁS

Ampliaciones y curiosidades para profundizar en los contenidos.

Tu entorno de aprendizaje Saviadigital

(www.smsaviadigital.com)
Tu sitio en internet para aprender y divertirte.

Ponte a punto

Actividades iniciales para recordar lo que ya sabes y prepararte para seguir aprendiendo.

Animación

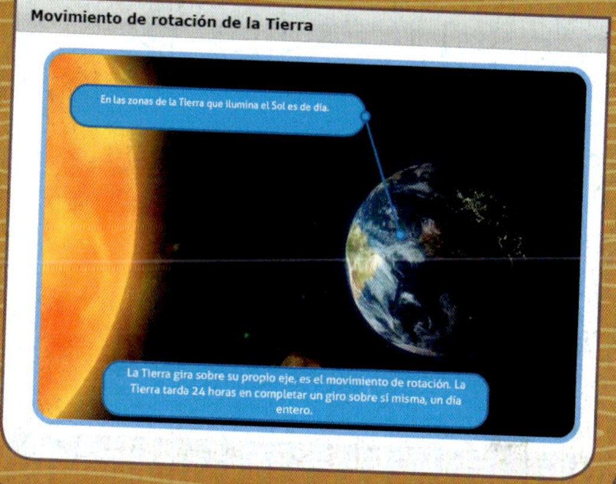

Comprende

Vídeos y animaciones que te ayudarán a comprender mejor los contenidos.

Juega y aprende/Practica

Juegos y actividades. Así, todo lo que aprendas no se te olvidará.

Juego

Valora lo aprendido

Actividades finales con las que comprobarás todo lo que has aprendido y cómo has trabajado.

Entrar en Saviadigital es fácil:

1. Escribe en internet la siguiente dirección: smsaviadigital.com
2. Regístrate e introduce el número de licencia que encontrarás nada más abrir tu libro.
3. Como solo debes registrarte una vez, anota tu identificador y contraseña.

Índice

Contenidos

0 El planeta en que vivimos

En busca de respuestas

La Agencia Espacial Europea (ESA) ha logrado aterrizar por primera vez sobre un cometa. Esta es la entrevista de la periodista Alicia Rivera a Martin Kessler, jefe de operaciones de la misión *Rosetta*.

Pregunta: ¿Por qué es tan importante la misión *Rosetta*?

Respuesta: Porque nos puede proporcionar información acerca del sistema solar y sobre el origen del agua de la Tierra, que pudo llegar a través de los cometas.

P.: ¿Por qué se eligió un cometa?

R.: Cuando se formó el sistema solar y surgieron los planetas, hace 4.500 millones de años, parte del material sobrante fue a parar a los cometas.

Los planetas han sufrido muchas transformaciones a lo largo de su evolución, mientras que los cometas no, ellos conservan el material original.

Diario *El País*, 12 de noviembre de 2014 (adaptado)

El sistema solar

¿Cómo se llama el gran astro alrededor del cual giran los planetas? La respuesta parece sencilla: ¡es el Sol! Sin embargo, responder a esta pregunta les costó cientos de años de estudio a los científicos del pasado.

Nuestro sistema planetario

Una **estrella** es un cuerpo situado en el espacio que emite luz y calor. Alrededor de ella pueden girar otros astros, como los **planetas**, que son cuerpos esféricos que no producen luz.

Las estrellas y los planetas que giran a su alrededor forman **sistemas planetarios**. El nuestro es el sistema solar, y lo componen el **Sol**, la Tierra y otros siete planetas.

A su vez, el sistema solar y otros muchos sistemas planetarios se integran en una **galaxia** llamada **Vía Láctea**. Nuestra galaxia es tan solo una de las muchas que forman el **universo**.

smSaviadigital.com
PRACTICA Los planetas del **sistema solar**.

¿Cómo son los planetas del sistema solar?

Los ocho planetas que integran el sistema solar tienen **características** comunes. Son cuerpos casi esféricos que no emiten luz, y giran sobre sí mismos y alrededor del Sol.

Sin embargo, existen grandes diferencias entre ellos. Los planetas más cercanos al Sol o interiores son pequeños y tienen la superficie rocosa. Los exteriores tienen una superficie gaseosa. Además, algunos tienen **anillos** que los rodean o satélites que orbitan alrededor.

Trabaja con la imagen

1. ¿Cuáles son los cuatro planetas más cercanos al Sol? ¿Qué tamaño tienen respecto a los cuatro más lejanos?
2. ¿A qué galaxia pertenece el sistema solar?
3. ¿Qué otros cuerpos giran alrededor del Sol?. Conócelos en la página 130 de tu libro.

LOS PLANETAS DEL SISTEMA SOLAR

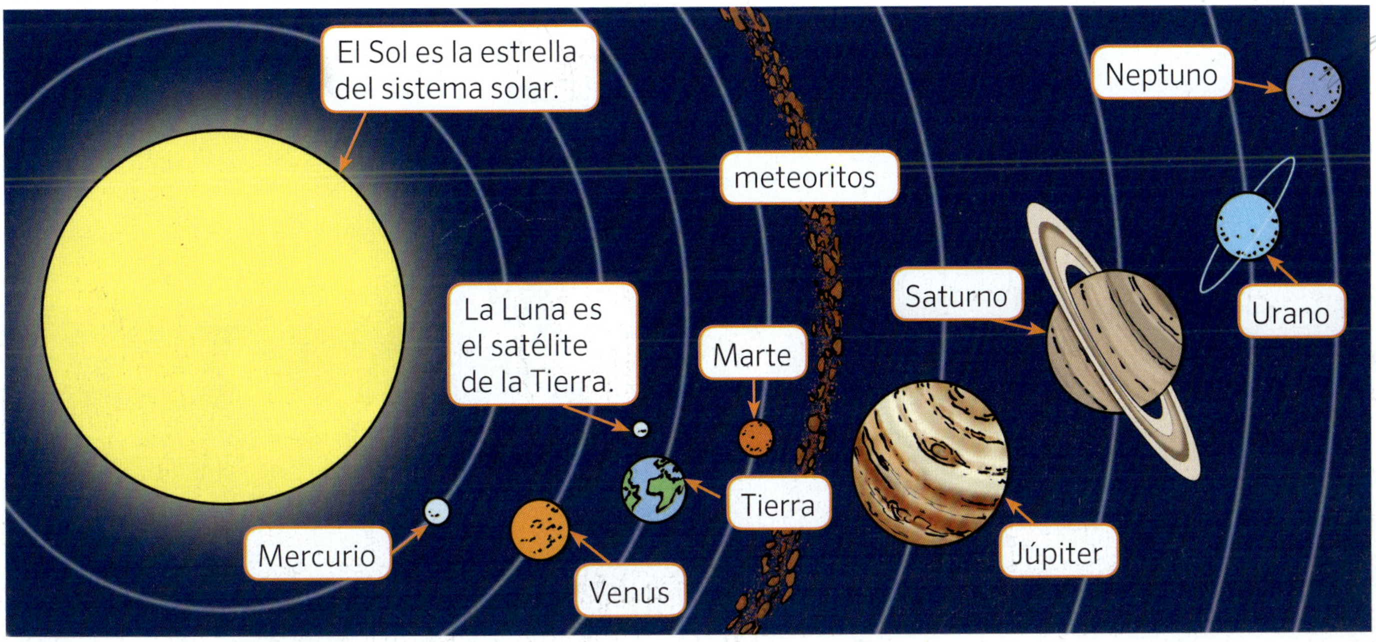

2 Los movimientos de la Tierra y de la Luna

Intenta quedarte quieto ante este libro, sin mover ni un músculo. En realidad, por mucho que lo intentes, no lograrás estar parado: te encuentras encima de un planeta en constante movimiento.

La Tierra gira...

La Tierra es un planeta, por lo que gira sobre sí misma. Este movimiento de **rotación** se realiza sobre un **eje**, que es una línea recta imaginaria que une los polos. Por eso decimos que la Tierra gira como una peonza.

Nuestro planeta tarda **un día**, es decir veinticuatro horas, en completar una vuelta sobre sí misma.

Debido a la rotación, los **rayos del Sol** no llegan al mismo tiempo a todas las partes del planeta. Por esa razón, mientras en algunos lugares es de **día**, en otros es de **noche**.

Además, al igual que hacen el resto de planetas del sistema solar, la Tierra gira en torno al Sol. Este movimiento se llama **traslación** y dura un año, es decir, **365 días**.

La traslación y la inclinación del eje de rotación hacen que los rayos del Sol no lleguen de la misma forma a todas las zonas del planeta, lo que da lugar a las **estaciones**: primavera, verano, otoño e invierno.

sm**Savia**digital.com
PRACTICA El movimiento de **rotación** de la Tierra.

EL DÍA Y LA NOCHE

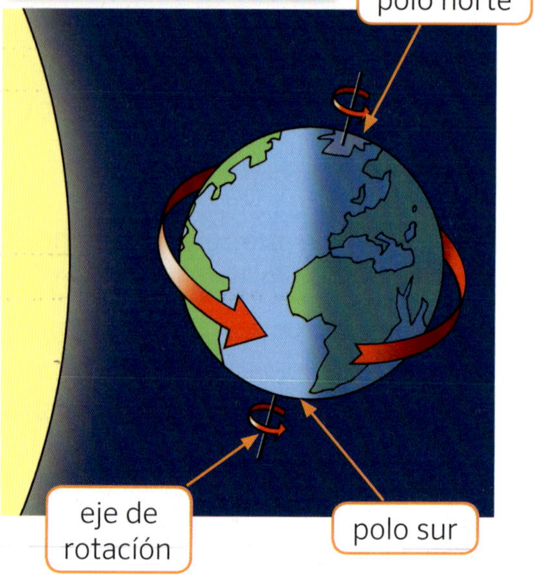

Trabaja con la imagen

4. ¿Qué movimientos observas en la imagen? ¿Qué origina en nuestro planeta?
5. ¿Dónde anochece antes, en Europa o en América?

LA TRASLACIÓN DE LA TIERRA

...y la Luna también

Los **satélites** son cuerpos casi esféricos que giran alrededor de los planetas. Al igual que estos, tampoco emiten luz. La **Luna** es el satélite natural que orbita alrededor de la Tierra.

La Luna realiza un movimiento de **rotación** que dura **28 días**, y un movimiento de **traslación** alrededor de la Tierra que tarda, igualmente, 28 días. Este ciclo es el llamado **mes lunar**.

Uno de los mayores atractivos de nuestro satélite es que, al observarlo a lo largo de varios días, parece variar de forma. En realidad, lo que cambia es su **posición** y la manera en que recibe la luz del Sol. Por eso, la vemos diferente cada noche. Son las **fases lunares**.

¿Sabías que...?

La Tierra y la Luna se atraen como si fueran imanes, aunque sin llegar a unirse. Esa atracción provoca las **mareas** altas o bajas en océanos y mares, que puedes observar cuando estás en la playa.

LAS FASES LUNARES

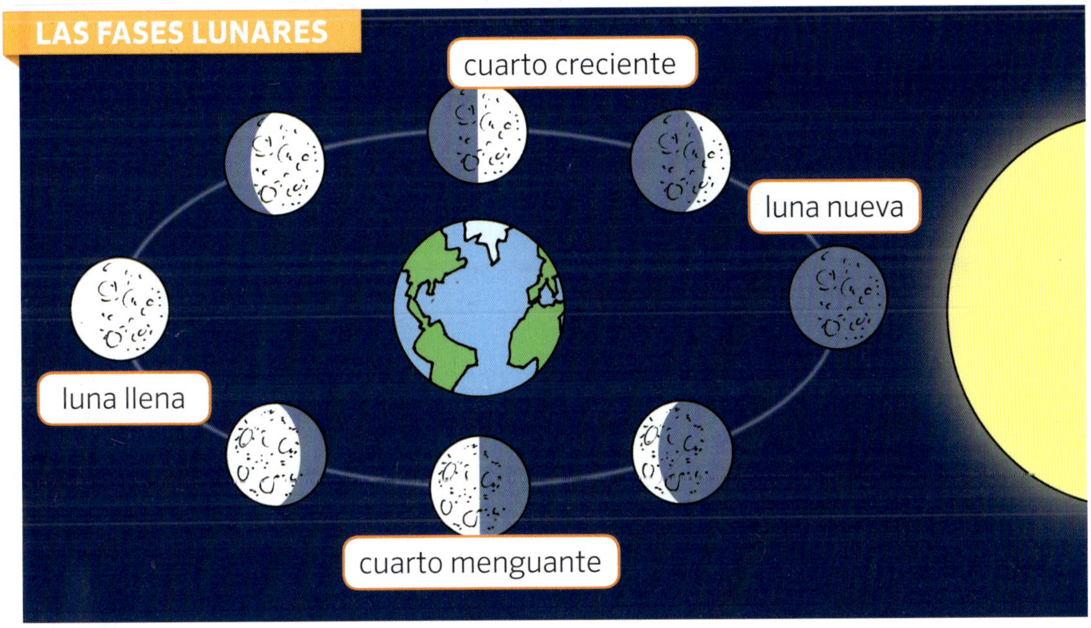

- La Tierra realiza un **movimiento de rotación** que origina la sucesión de **los días y las noches**.
- El **movimiento de traslación** es el responsable de las **estaciones**.
- La **Luna** es el único **satélite** natural de la Tierra.

smSaviadigital.com
PRÁCTICA ¿Conoces las **fases lunares**?

Actividades

6. ¿Cuál es la diferencia entre los movimientos de rotación y traslación que realiza la Tierra?
7. Observa la ilustración de las fases lunares. ¿Dónde está la Luna cuando se produce la luna llena? ¿Por qué crees que se la llama así?

Usa todos tus recursos

8. Fíjate esta noche, cuando estés en casa, en qué fase se encuentra la Luna. Obsérvala durante varios días hasta que pase por todas sus fases. ¿Cuántos días ha tardado?

3 El planeta Tierra

¿Qué es lo que observa un astronauta cuando mira hacia la Tierra desde su nave espacial?

Las partes de la Tierra

Nuestro planeta está formado por tres **partes o capas** que se pueden observar desde el espacio.

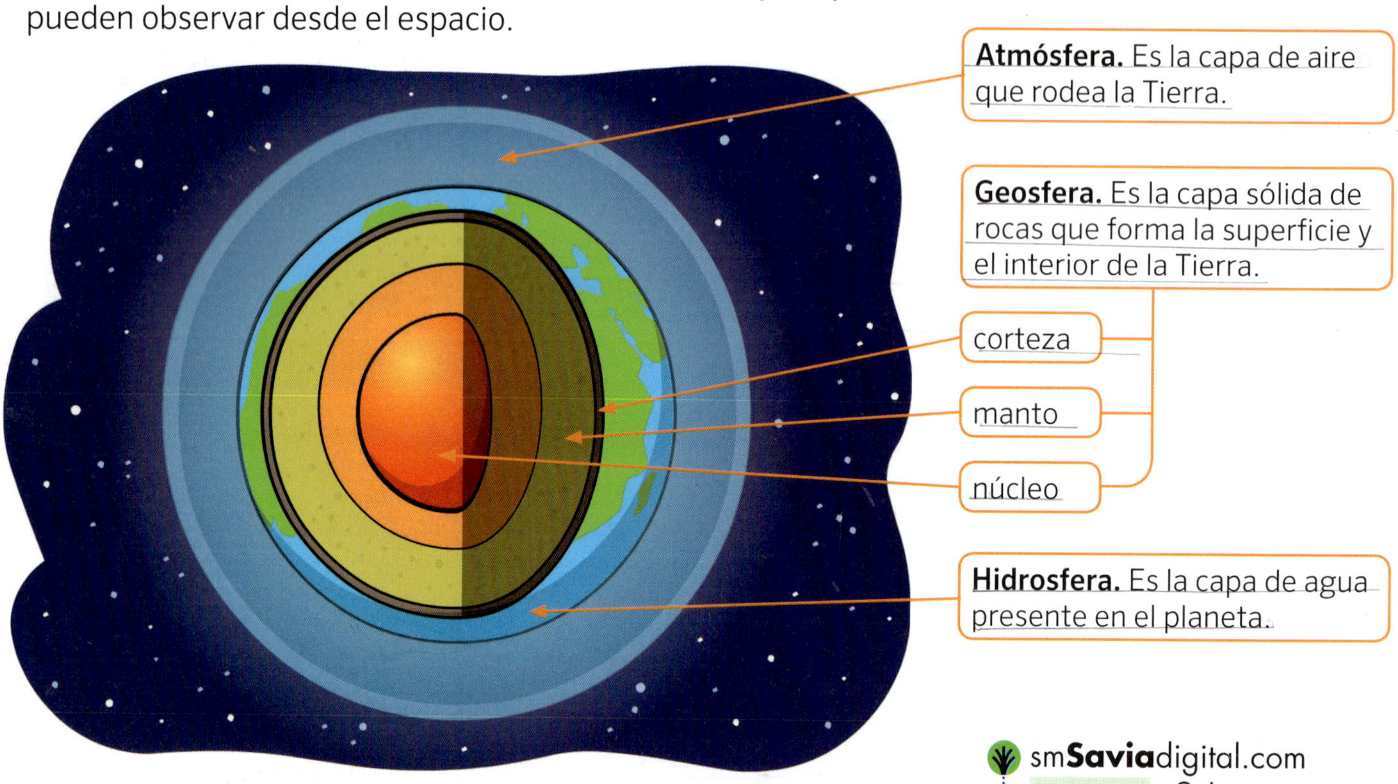

smSaviadigital.com
PRACTICA ¿Sabes reconocer las **capas de la Tierra**?

Las representaciones de la Tierra

Desde lejos, un astronauta aprecia que la forma de la Tierra es esférica. Para representar esa forma, usamos los **globos terráqueos**. Además, nuestro planeta se puede representar de forma plana en los **planisferios**.

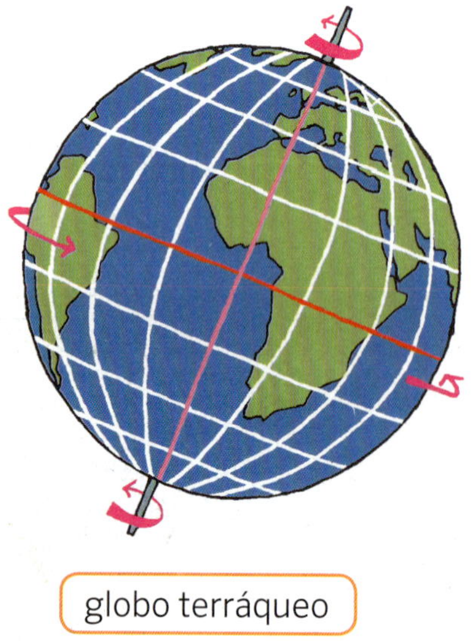

globo terráqueo

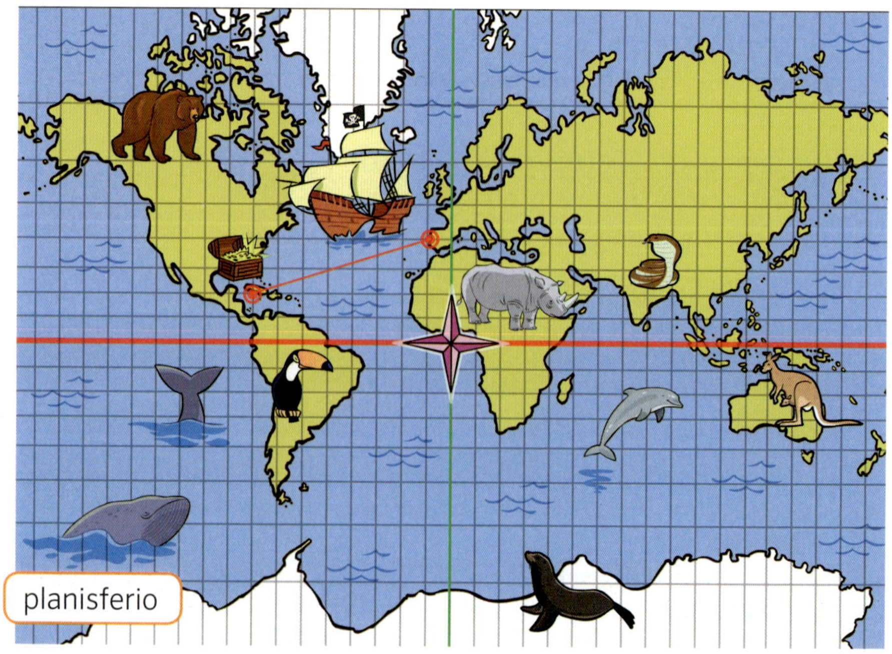

planisferio

Observa y comprende · El globo terráqueo

De las dos maneras de representar la Tierra, el globo terráqueo es la más precisa. Se trata de una esfera que **representa la forma** del planeta con exactitud, pero a **escala**, es decir, a un tamaño menor que el tamaño real de la Tierra.

En el globo terráqueo podemos diferenciar estos **elementos del planeta**:

El **eje de rotación** es una línea imaginaria que atraviesa la Tierra por el centro uniendo los polos.

El **hemisferio norte** es la mitad del globo situada encima del ecuador.

El **ecuador** es la circunferencia imaginaria que divide la Tierra en dos hemisferios o mitades iguales.

Los **polos** son los extremos de la Tierra más alejados del ecuador.

El **hemisferio sur** es la mitad del globo situada debajo del ecuador.

- La Tierra está formada por tres partes o capas: **atmósfera**, **geosfera** e **hidrosfera**.
- La Tierra se puede representar mediante un **globo** o mediante un **planisferio**.
- El globo terráqueo es la forma más exacta de representar el planeta.

Actividades

9. Define los siguientes términos.

   atmósfera | hidrosfera | geosfera

Usa todos tus recursos

10. Anota en tu cuaderno los medios de transporte que utilizan las personas para desplazarse por cada una de las capas de la Tierra.

11. El conjunto de seres vivos que hay en el planeta forman la biosfera, el pequeño espacio en el que viven.
    - ¿Cómo se relaciona la biosfera con las capas de la Tierra?

1 El tiempo y el clima

¿De dónde viene la lluvia?

Mi historia no tiene ni principio ni final, y se ha repetido durante los miles de millones de años de mi existencia.

Comencemos con el océano. A veces me paso miles de años vagando por el océano. Cuando quiero viajar, aprovecho las tardes soleadas y la brisa para subir a tomar el sol en la superficie. El sol me calienta, y me convierto en vapor.

Subo hacia el cielo, y me dejo llevar por el viento. Cuando me enfrío, me transformo en líquido o en hielo, y floto en las nubes entre millones de gotas más. Suelo pasar unos diez días en el aire.

Cuando me vuelvo demasiado pesada para seguir en las nubes, caigo a la tierra… ¡Y siempre termino en algún sitio nuevo!

Muy a menudo me cruzo con plantas y animales. ¡Nunca se sabe! Puedo acabar en el estómago de una vaca, sobre un cultivo, en la comida de tu perro ¡o en tu vaso de agua!

CHRISTIANE DORION: *Cómo funciona el clima*, Ediciones SM

Hablamos

1. El texto está narrado en primera persona. ¿Quién crees que habla? ¿Por qué?
2. Según el texto, ¿cuáles de estos factores influyen en la lluvia?

   viento · cultivos · sol · frío · música

3. ¿Suele llover mucho en el lugar donde vives? Cuando llueve, ¿cómo suele hacerlo, suave o con fuerza? ¿Qué planes haces los días de lluvia?

¡Qué importante es... el acceso a la educación!

Todas las personas tenemos derecho a recibir una educación, sin distinciones de ningún tipo, para aprender y conocer nuestro mundo.

Tarea final

Trabaja como un meteorólogo y analiza el tiempo que hace durante un mes.

1 La atmósfera y el tiempo atmosférico

Cuando miras hacia el cielo, ¿qué dirías que es exactamente lo que hay sobre nuestras cabezas? ¿Nada? ¿El espacio exterior? ¿Aire?

Ese espacio, aparentemente vacío, que se encuentra sobre nosotros es mucho más importante de lo que pensamos. Nos sirve de escudo y de abrigo... ¿Sabes por qué?

Un escudo de aire alrededor de la Tierra

La Tierra está rodeada por una **capa de aire** que la separa del espacio exterior. Esa capa es la atmósfera.

La **atmósfera** envuelve la Tierra desde su superficie hasta, aproximadamente, 1.000 kilómetros de altitud. En esa distancia que nos separa del universo, podemos distinguir **cinco capas** que forman parte de la atmósfera:

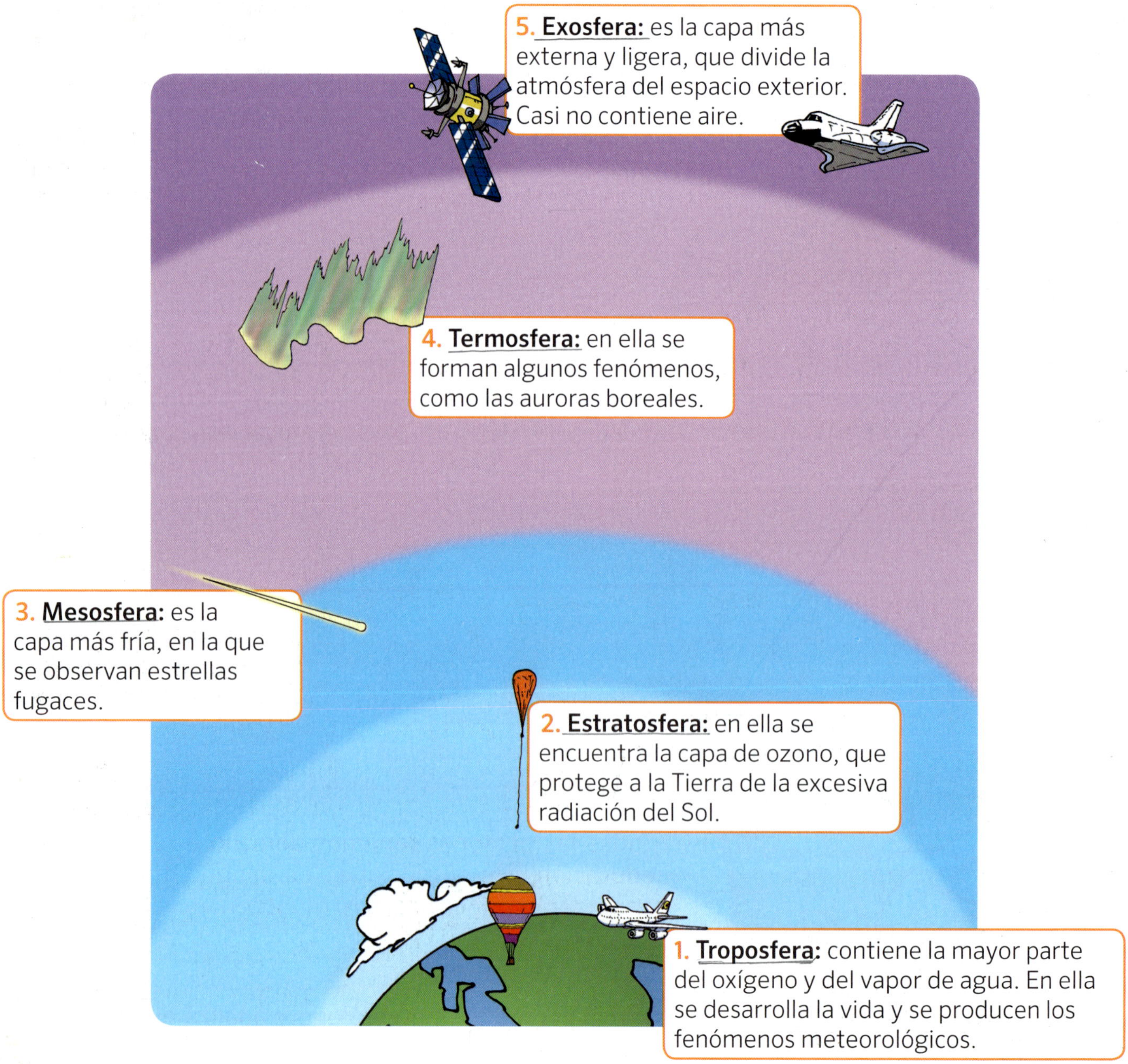

¿Qué observamos en la atmósfera?

La atmósfera nos permite conocer y analizar el **tiempo atmosférico** de un lugar en un momento concreto del día. Para ello, observamos los **fenómenos** que se producen en la atmósfera:

- **La temperatura del aire.** Es el frío o el calor que hace en un lugar. Si la temperatura del aire es baja, hace **frío**; cuando es alta, hace **calor**.

- **La humedad.** Es la cantidad de vapor de agua presente en la atmósfera. El vapor de agua provoca las **precipitaciones** en forma de **lluvia**, de **nieve** o de **granizo**.

- **El viento.** Es el movimiento del aire. Según la fuerza con la que se mueva, el viento puede ser una **brisa** suave, un **vendaval** o incluso un peligroso **huracán**.

▶ La **atmósfera** se divide en **cinco partes**: **troposfera**, **estratosfera**, **mesosfera**, **termosfera** y **exosfera**.

El **tiempo atmosférico** es el **estado** de la **atmósfera** en un lugar y un momento determinado. Para conocerlo hay que observar la **temperatura**, la **humedad** y el **viento**.

sm**Savia**digital.com
COMPRENDE Observa las características de las **capas de la atmósfera**.

Actividades

1. Completa la siguiente oración:
   La ●●● es la capa de ●●● que envuelve la Tierra y la separa del ●●●.
2. Ordena las partes de la atmósfera, de la más cercana a la Tierra a la más externa.
   termosfera · troposfera · exosfera · estratosfera · mesosfera
3. Define qué es el tiempo atmosférico.
4. ¿Qué es el viento? Indica cómo puede ser según su fuerza.

Usa todos tus recursos

5. ¿A qué capa de la atmósfera crees que llegarán más fuertes las radiaciones del Sol? Coméntalo con tu compañero y explícalo en tu cuaderno.
6. Mira por la ventana y describe el tiempo que hace hoy. Ten en cuenta los tres fenómenos atmosféricos:

- temperatura del aire
- humedad
- viento

2 ¿Cómo se mide el tiempo atmosférico?

Normalmente, cuando estamos en clase no sentimos la temperatura exterior, el viento… y no sabemos el tiempo que hace fuera.

Sin embargo, hoy la profesora ha montado un aparato muy raro en el patio, que nos permitirá medir el tiempo como los profesionales. ¿Qué es?

Una estación para medir el tiempo

Los **meteorólogos** son las personas que estudian el estado de la atmósfera y que informan sobre el tiempo atmosférico que hará al día siguiente. Estos profesionales miden los fenómenos atmosféricos con **aparatos especiales**, como el termómetro o la veleta.

El conjunto de todos los instrumentos que se usan para medir la temperatura, la humedad o el viento en un lugar se llama **estación meteorológica**.

sm**Savia**digital.com
JUEGA Y APRENDE Encuentra los **instrumentos** que necesita el **meteorólogo**.

¿CÓMO FUNCIONA UNA ESTACIÓN METEOROLÓGICA?

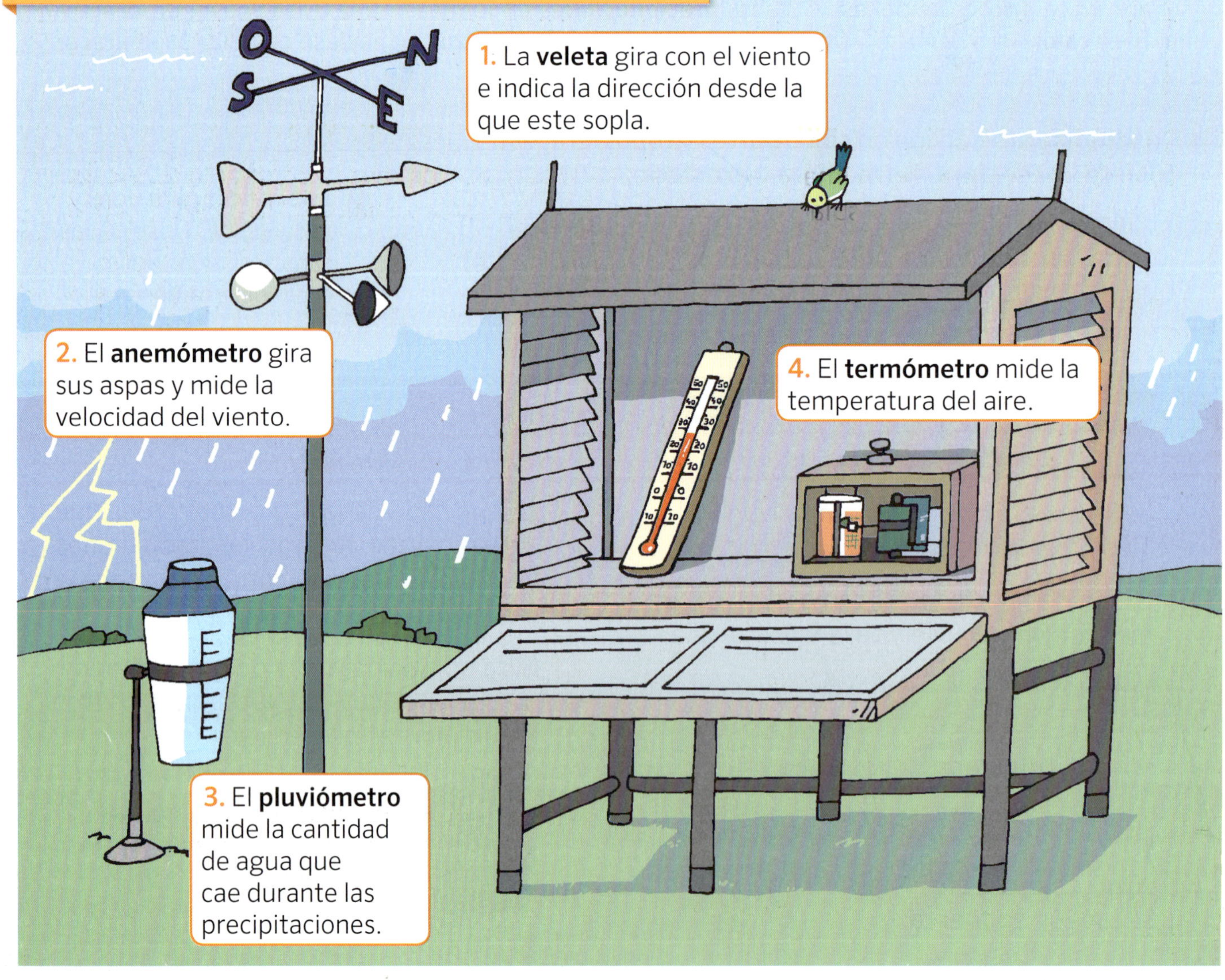

Taller de Geografía

¿Cómo interpretar un mapa del tiempo?

Los meteorólogos utilizan los datos recogidos mediante las estaciones meteorológicas para realizar los pronósticos del tiempo.

Los programas de información meteorológica pueden presentarnos distintos tipos de mapas.

Mapas con imágenes recogidas por **satélites**, donde se pueden ver, por ejemplo, las formaciones nubosas.

Mapas con los **símbolos** que representan el tiempo atmosférico que va a hacer en diferentes lugares.

7 Observa el mapa con la imagen del satélite. ¿Qué símbolos representarían la situación atmosférica en la península Ibérica? ¿Y en las islas Baleares y Canarias? Dibuja los iconos en tu cuaderno.

▸ Una **estación meteorológica** mide la temperatura del aire con el **termómetro**, la lluvia con el **pluviómetro** y el viento con la **veleta** y el **anemómetro**.

Actividades

8 ¿Qué aparatos son estos? Escribe en tu cuaderno la información que ofrecen.

a) 

b) 

c) 

9 ¿Cómo se llama el conjunto de instrumentos con el que los meteorólogos miden el tiempo atmosférico?

Usa todos tus recursos

10 Enumera tres oficios para los que sea importante conocer la predicción del tiempo y explica por qué.

3 Las estaciones del año y el movimiento de la Tierra

Hoy podría llover y mañana, salir el Sol. Pero ¿crees que podríamos pasar de la bufanda al traje de baño en el transcurso de un solo día?

Las estaciones a lo largo del año

La traslación de la Tierra da lugar a las **estaciones del año**. Por ello, cada tres meses se suceden **cambios** en las **temperaturas** y en las **precipitaciones**:

- En **primavera** las **temperaturas suben** y se suavizan. Las **precipitaciones** en forma de lluvia son abundantes, pero disminuyen a medida que avanza la estación.
- En **verano** se registran las **temperaturas más altas** del año. El aire suele estar **seco** y **casi no llueve**.
- En **otoño** las **temperaturas descienden** y las **precipitaciones** se hacen más **abundantes**.
- En **invierno** se dan las **temperaturas más bajas** del año. Las **precipitaciones** se vuelven habituales y pueden ser en forma de **nieve**.

¿Sabías que...?

En verano la radiación solar es más fuerte que en el resto del año. Por eso es importante **proteger la piel** para evitar quemaduras y otras enfermedades de la piel.

La mejor forma de prevenir estos riesgos es llevar gafas de sol o gorras, utilizar crema protectora y, sobre todo, evitar tomar el Sol en las horas de mayor calor.

¿Cómo se producen estos cambios?

Los mayores cambios en el tiempo atmosférico suceden cada **tres meses**, pero no se dan a la vez en todo el planeta: mientras en un hemisferio es verano, en el otro están en invierno.

Esto se debe a la **inclinación** de la Tierra y a cómo inciden los **rayos del Sol** sobre la superficie del planeta:

- Cuando los rayos solares inciden **directamente** sobre la superficie de la Tierra, en esa zona se concentra más **calor** y los **días** son más **largos**. Por tanto, es **verano**.
- Cuando los rayos solares llegan **inclinados** a la Tierra, en esa zona no se acumula tanto calor y los **días** son más **cortos**. Por tanto, en esa zona es **invierno**.

Observa y comprende Las estaciones según la incidencia del Sol en la Tierra

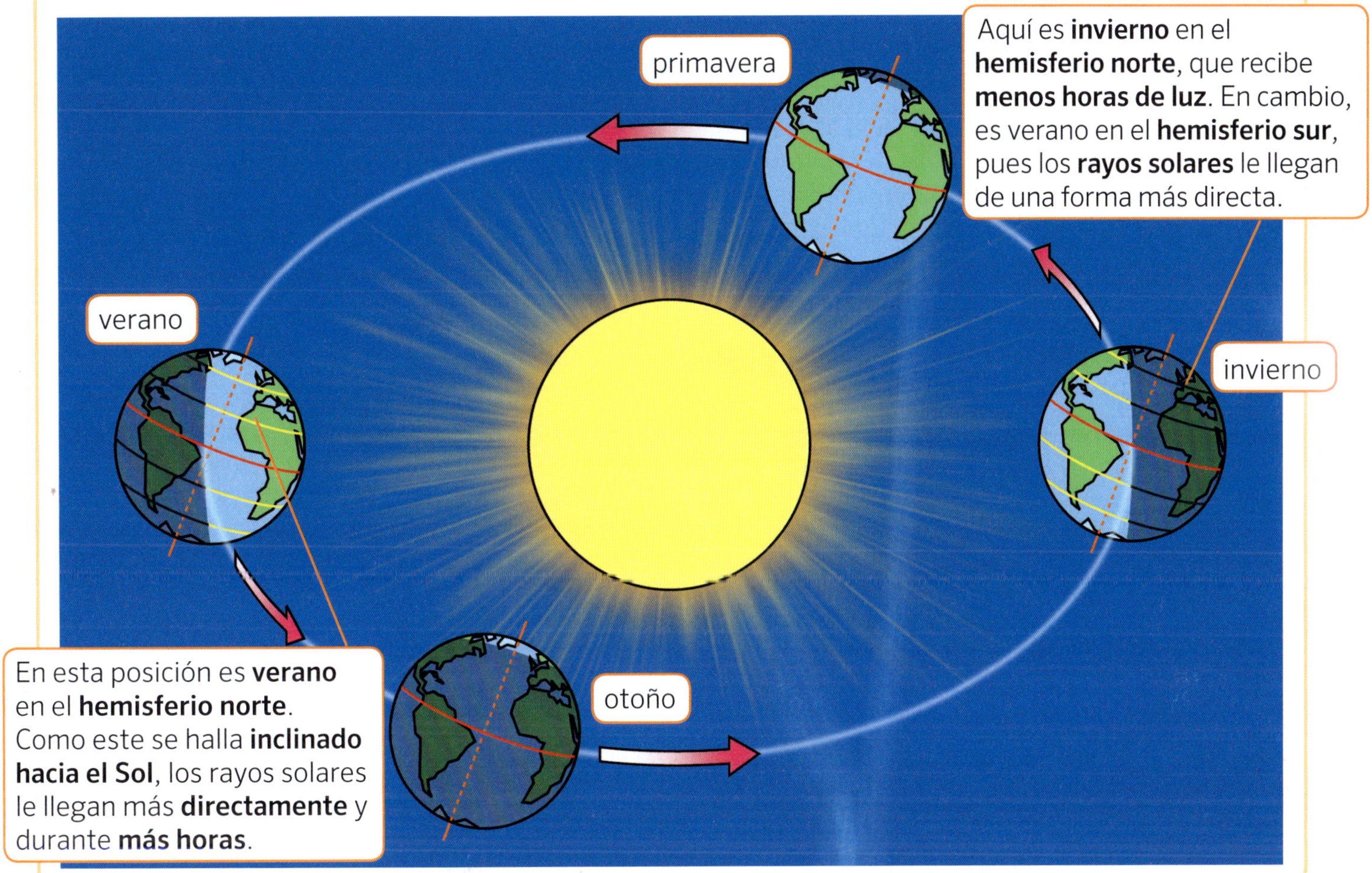

- El **movimiento de traslación** de la Tierra origina las **estaciones del año**.
- Cada tres meses, cambia la **estación del año**, lo que provoca algunos **cambios** en el **tiempo atmosférico**.
- La **inclinación** del planeta y la **incidencia de los rayos** del Sol sobre la Tierra determinan las estaciones.

Actividades

11 Responde en tu cuaderno a las siguientes preguntas:

a) ¿Cuál es la estación más seca?

b) ¿En qué estación se dan las temperaturas más bajas del año?

c) ¿Cuándo empieza a bajar la temperatura y aumentan las precipitaciones?

d) ¿Qué dos motivos determinan las estaciones del año?

12 ¿En qué estación del año estamos? Describe el tiempo que hace habitualmente durante esta estación.

Usa todos tus recursos

13 ¿Qué actividades te gustan y no puedes hacer en todas las estaciones? ¿Por qué?

14 sm**Savia**digital.com PRACTICA ¿Reconoces las **características** de cada **estación**?

Párate a pensar

Ya sabemos que las lluvias, los vientos y las nevadas son fenómenos meteorológicos que se producen en nuestra atmósfera. ¡Incluso sabemos reconocer la estación del año en la que nos encontramos observando qué tiempo hace!

Comprueba todo lo que has aprendido hasta el momento.

Más allá de lo que vemos en el cielo

15 Ahora que conoces las características de la atmósfera, detecta los errores en estas oraciones. Escríbelas corregidas en tu cuaderno.

- La Tierra está rodeada por una capa de luz que la separa del espacio. Esa capa es la geosfera.
- La atmósfera envuelve la Tierra desde su superficie hasta, aproximadamente, 100 kilómetros de altitud.

16 ¿Cuál es cuál? Anota en tu cuaderno las descripciones de las capas de la atmósfera y nómbralas. Indica a qué número de la ilustración corresponde cada una.

a) En ella se encuentra la capa de ozono, que protege a la Tierra de la excesiva radiación del Sol. → •••

b) Contiene la mayor parte del oxígeno y del vapor de agua. En ella se desarrolla la vida y se producen los fenómenos atmosféricos. → •••

c) En ella se forman algunos fenómenos, como las auroras boreales. → •••

d) Es la capa más externa y ligera de la atmósfera. En ella casi no hay aire. → •••

e) Es la capa más fría de la atmósfera. En ella, además, se observan estrellas fugaces. → •••

¡El tiempo que hace que no miramos el tiempo!

17 Comenta con tus compañeros esta viñeta y responde a las siguientes cuestiones.

a) ¿De qué está hablando esta chica: del clima o del tiempo atmosférico?

b) ¿Qué fenómenos meteorológicos ha observado en la sierra?

c) ¿Qué símbolos dibujarías si tuvieras que representar el tiempo atmosférico de este lugar en un mapa?

18 Si queremos montar una estación meteorológica en el patio del colegio, ¿cuáles de estos aparatos necesitaremos? Copia su nombre en tu cuaderno.

termómetro · cuentakilómetros · pluviómetro · metrónomo

cronómetro · cinta métrica · veleta · anemómetro

La Tierra, el tiempo y las estaciones

Hemos visto que la forma de la Tierra, su inclinación y el movimiento que realiza alrededor del Sol influyen en el tiempo meteorológico a lo largo del año. ¡Ha llegado el momento de demostrar que has comprendido cómo influyen todos esos aspectos!

19 Copia y completa esta oración en tu cuaderno.

El movimiento de ••• de la Tierra origina las •••. Cada ••• meses, cambia la ••• del año, lo que provoca algunos ••• en el tiempo atmosférico.

20 Observa atentamente este dibujo. Fíjate en la inclinación de la Tierra hacia el Sol y en la forma en que inciden los rayos sobre la Tierra.

a) ¿Qué hemisferio está más cerca del Sol?

b) ¿Qué hemisferio recibe más horas de luz? ¿Cuál tiene más zonas a oscuras?

c) ¿Qué estación del año crees que es en el hemisferio norte, verano o invierno? ¿Y en el hemisferio sur?

d) Escribe en tu cuaderno las características de esas dos estaciones.

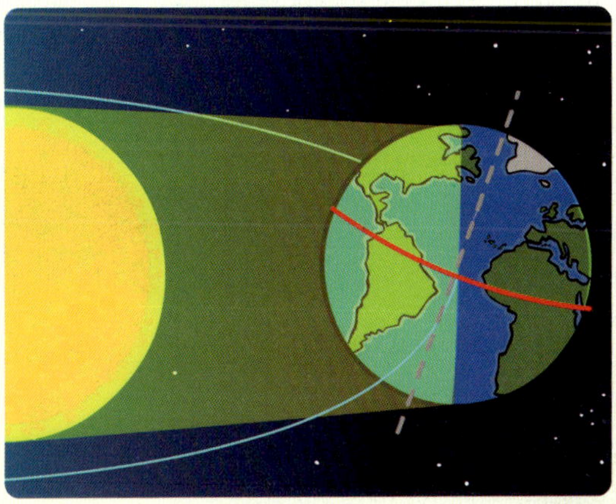

4 El clima

El tiempo atmosférico puede variar mucho de un día para otro, pero sabemos que, año tras año, los ciclos se repiten: frío en invierno, calor en verano...

Sin embargo, hay lugares en nuestro país donde el tiempo se mantiene normalmente igual. ¿Por qué, según dicen, en las islas Canarias siempre hace buen tiempo?

¿Qué es el clima?

El **clima** es el tiempo atmosférico que predomina en un lugar a lo **largo de los años**. Viene determinado por:

- La **temperatura** y las **precipitaciones** de esa zona durante cada estación del año.
- El **lugar** de la Tierra en el que se encuentra. Existen tres **zonas climáticas**: la templada, la fría y la cálida.

LAS ZONAS CLIMÁTICAS DE LA TIERRA

1. Zona climática templada

Las temperaturas suben o bajan según la estación del año, pero no hace demasiado frío ni demasiado calor. Las lluvias son moderadas.

España está en la zona templada, aunque las islas **Canarias** se encuentran más cerca de la zona cálida.

2. Zona climática fría

Las temperaturas son muy bajas todo el año y las precipitaciones, abundantes o en forma de nieve.

Los **polos** están en la zona fría.

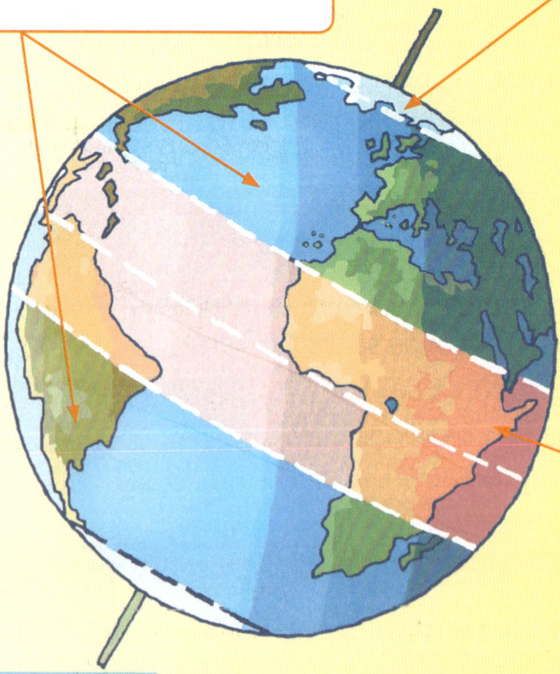

3. Zona climática cálida

Las temperaturas son siempre altas y similares durante el año. Sin embargo, hay lugares donde llueve mucho y en otros, apenas llueve.

Las **selvas** y algunos **desiertos** se encuentran en la zona cálida.

Observa y comprende El clima influye en tu vida

El clima influye en la vida de las plantas y animales. También en la de las personas, pues condiciona sus cultivos y sus costumbres. Estos chicos habitan en tres zonas climáticas distintas. ¿Cómo influye el clima en sus vidas?

1. "Hoy ha dejado de llover, así que he salido con mis padres a pasear por el prado. La hierba ha crecido mucho y se vuelven a ver animales. Además, muchos pueblos empiezan sus fiestas. ¡Me encanta esta época!".

2. "¡Otro día sin salir de casa! Hay mucho hielo y el viento es muy fuerte. La moto de nieve está averiada y al colegio no puedo ir caminando. Así que hoy nos dedicaremos a leer mientras mi madre cocina para estos días".

3. "Hoy es día de mercado en nuestra aldea. Antes de que haga más calor iremos a comprar frutas y verduras para toda la semana. Las traen desde muy lejos porque aquí no podemos cultivarlas. ¡No podríamos regarlas a diario!".

- El **clima** es el tiempo atmosférico **habitual** en un lugar, que se repite año tras año.
- En la Tierra existen tres **zonas climáticas**: **fría**, **cálida** y **templada**, que es donde vivimos.

sm**Savia**digital.com
JUEGA Y APRENDE ¿Quieres saber más sobre las **zonas climáticas** de la Tierra?

Actividades

21 Completa la siguiente oración en tu cuaderno.

Para conocer el clima es necesario observar el ••• que predomina en un ••• a lo largo de muchos •••.

22 Copia en tu cuaderno estas dos columnas y relaciona las zonas climáticas.

Selva •	• Zona fría
Polo •	• Zona templada
Prado •	• Zona cálida

5 Los climas de España

Si nosotros vivimos en la zona templada del planeta, ¿por qué en la montaña siempre hace más frío que en la playa? ¿Y por qué en las zonas montañosas suele haber más nubes que en la costa? ¡Hay tantas diferencias!

Nuestros tipos de clima

España está situada en la **zona templada** de la Tierra, pero en ella existen varios **tipos de clima**. Las diferencias se deben a factores como el **relieve**, la **altitud** o la **distancia al mar.**

Clima oceánico

Se da en el **norte de la península Ibérica**. Por la proximidad al **mar**, las temperaturas son suaves durante todo el año, con poca diferencia entre estaciones. Las lluvias son abundantes.

Clima subtropical

Se da solo en las **islas Canarias**, más cercanas a la zona cálida del planeta. Allí las temperaturas son cálidas durante todo el año y las precipitaciones, por lo general, son escasas.

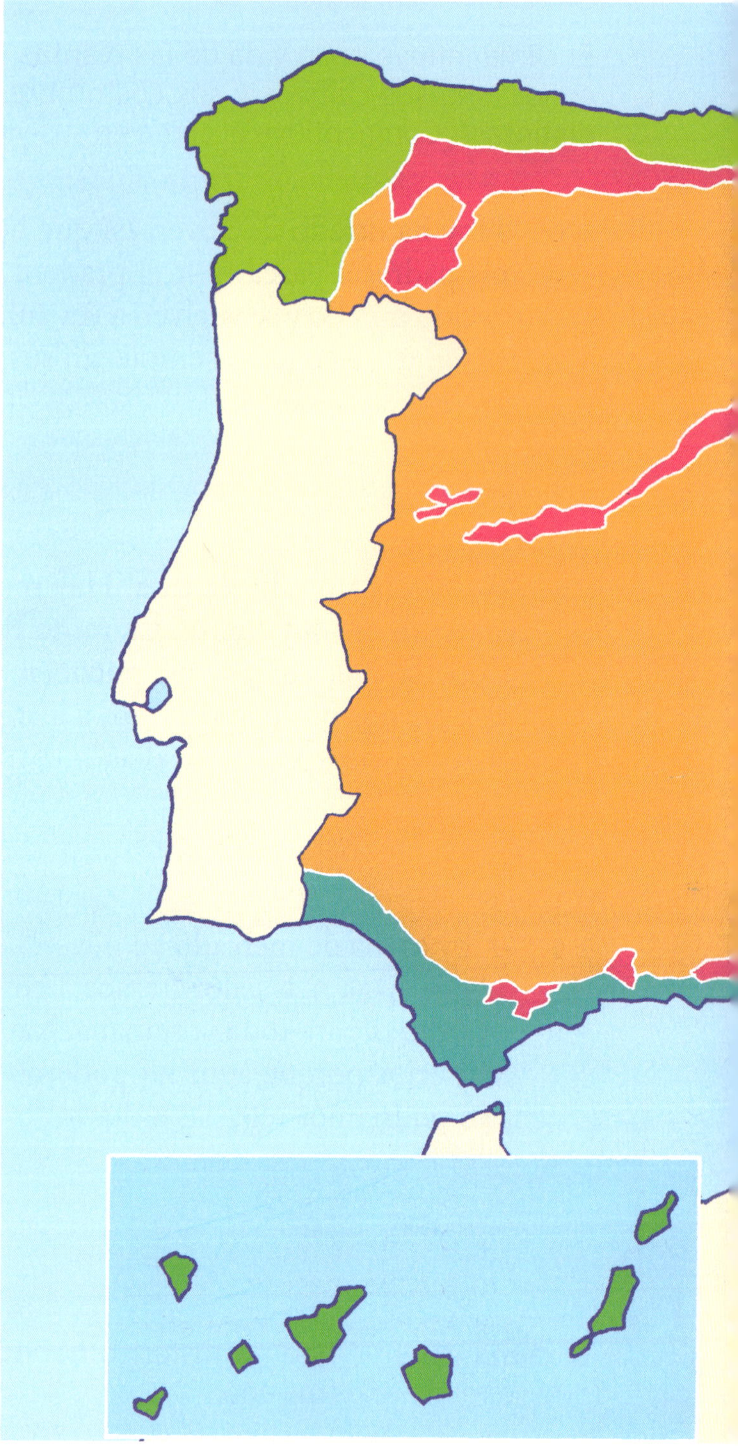

- **España** está en la **zona templada** del planeta.
- Los **climas** que se dan en España son el **oceánico**, el de **montaña**, el **subtropical** y el **mediterráneo**.
- El clima mediterráneo puede ser de **interior** o de **litoral**.

Clima de montaña

Se da en las zonas de **mayor altitud**. En invierno las temperaturas son frías y las precipitaciones en forma de nieve. En verano, las temperaturas son frescas y las lluvias son frecuentes.

Clima mediterráneo

Es el clima **más extendido** en la península Ibérica:

- En el **interior** los inviernos son fríos y los veranos son calurosos. Las precipitaciones son escasas, a veces caen en forma de nieve.
- En el **litoral** los inviernos son suaves y los veranos cálidos. Las precipitaciones son escasas e irregulares.

Actividades

23 ¿Cómo es el clima en el lugar en el que vives? Recoge la información en una tabla como esta.

	Verano	Invierno
Temperaturas	●●●	●●●
Precipitaciones	●●●	●●●

Usa todos tus recursos

24 ¿Cuáles son los clima en tu comunidad? Busca la información de tu *Atlas*.

25 sm**Savia**digital.com
COMPRENDE Observa las diferencias entre el **clima mediterráneo** en el interior y en el litoral.

Organiza tus ideas

EL TIEMPO Y EL CLIMA

- **el tiempo atmosférico**
  - es → •••
  - está determinado por →
    - temperatura
    - •••
    - •••
- **el clima**
  - es → •••
  - depende de
    - las temperaturas y las precipitaciones
    - el lugar de la Tierra en el que se encuentra →
      - zona •••
      - zona templada
      - zona •••
  - en España puede ser →
    - oceánico
    - •••
    - de montaña
    - mediterráneo de ••• o de •••

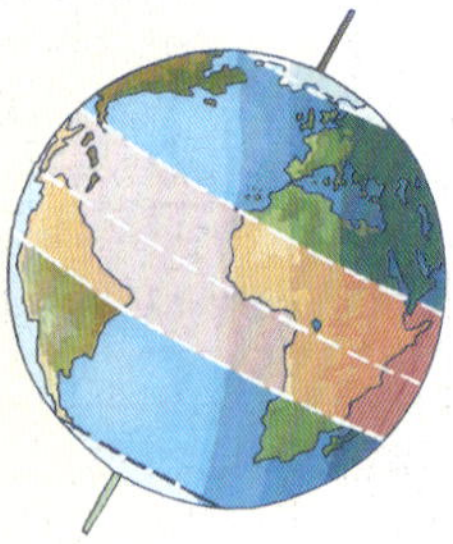

Trabaja con el esquema

26 Copia el esquema en tu cuaderno y complétalo.

27 Completa el esquema de tu cuaderno con estas palabras.

termómetro | pluviómetro | veleta | anemómetro

28 Realiza un esquema sobre las estaciones meteorológicas con estos apartados.

a) ¿Qué son?
b) ¿Para qué sirven?
c) ¿Qué aparatos las componen?

29 Contesta a estas preguntas.

a) ¿Qué es el clima?
b) ¿En qué se diferencia el clima del tiempo atmosférico?
c) ¿Se puede determinar el clima de un lugar solo en un día? ¿Por qué?

30 Completa la tabla con las características de cada tipo de clima.

Oceánico	Subtropical	De montaña	Mediterráneo
•••	•••	•••	•••

31 Copia el mapa de los climas de España en tu cuaderno. Busca una fotografía que represente cada tipo de clima y pégala junto al mapa.

Repasa la unidad

32 ¿Qué es la atmósfera? Defínela utilizando estas palabras.

universo · envuelve · capa · Tierra · aire

33 Fíjate en la ilustración y describe en tu cuaderno las capas de la atmósfera.

34 ¿Cuáles de estas palabras son fenómenos atmosféricos? Escríbelas en tu cuaderno.

brisa	granizo	vendaval
lluvia	estaciones del año	
temperatura del aire		clima

35 ¿Cómo se llaman estos instrumentos de medición? ¿Para qué se utilizan?

a
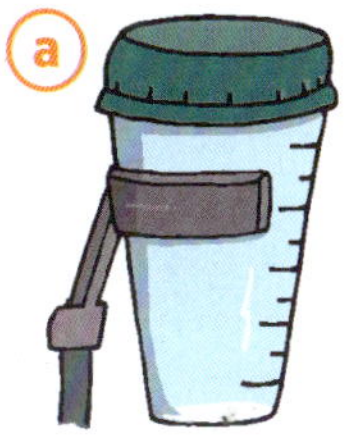

b
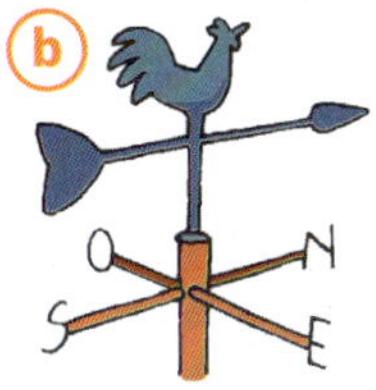

c
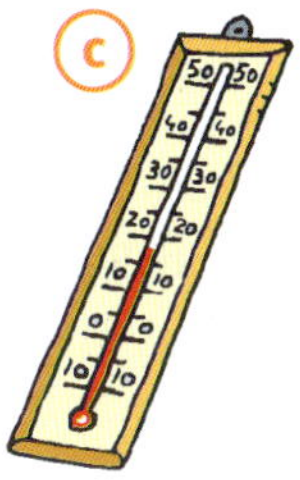

36 Imagina que al levantarte y te encuentras que hace un día como este. ¿Cómo describirías el tiempo?

37 Observa estas imágenes. ¿A qué zona climática corresponden? ¿Por qué?

38 ¿Qué climas de España describen estas afirmaciones?

a) En las zonas de altitud, las precipitaciones en invierno son en forma de nieve.

b) Las temperaturas en este archipiélago son cálidas durante todo el año y apenas llueve.

c) Los inviernos son suaves y los veranos cálidos. Llueve de forma irregular.

d) Las precipitaciones son abundantes y las temperaturas suaves durante todo el año.

e) Los inviernos son fríos, pero los veranos calurosos. Las precipitaciones son escasas.

smSaviadigital.com
VALORA LO APRENDIDO Comprueba lo que sabes en la **autoevaluación**.

Ponte a prueba

Los primeros climatólogos

Ya los seres humanos de las cavernas miraban al cielo para saber si era mejor salir a cazar o quedarse en la cueva. Conocían el tiempo atmosférico.

Más tarde, las personas observaron que ciertas características del tiempo se repetían año tras año. La observación del clima permitió grandes avances como la agricultura.

Finalmente, la aparición de la escritura permitió estudiar los datos de forma científica.

1. ¿Qué diferencia hay entre un meteorólogo y un climatólogo?

2. Algunos fenómenos atmosféricos provocan graves problemas para las personas, las localidades, las cosechas... ¿Qué ejemplos conoces? Ponlos en común con tus compañeros.

3. ¿Qué instrumentos se usan hoy para predecir el tiempo atmosférico? ¿Se usan también para estudiar el clima?

4. ¿Cómo dan la información del tiempo estos medios de comunicación? Comentad cada caso.

internet | televisión | periódicos | radio

Tarea final ¡Somos meteorólogos!

Para aprender a medir el tiempo atmosférico, puedes seguir estos pasos. Úsalos para analizar el tiempo de tu localidad.

PASO 1 En grupos de tres alumnos, colocad un termómetro y un pluviómetro en los lugares adecuados del colegio.

PASO 2 Para comprobar la dirección del viento, podéis utilizar una brújula y una hebra de hilo.

PASO 3 Durante una semana, medid el tiempo al llegar al colegio y al salir a comer. Registrad los datos en una tabla como la del ejemplo.

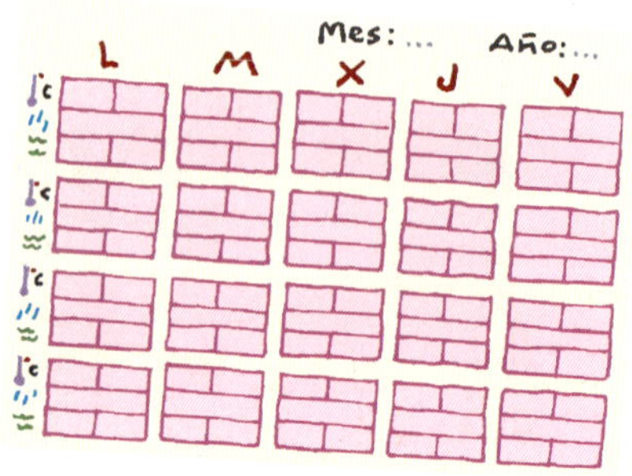

PASO 4 Elabora un informe individual, en el que describas cómo ha sido la situación meteorológica de los últimos días, de una semana o del mes entero, y entrégaselo al profesor.

smSaviadigital.com

VALORA LO APRENDIDO ¿Cómo has trabajado en esta **tarea**?

Tu revista

¡Un salto estratosférico!

Felix Baumgartner fue la primera persona que realizó un salto en caída libre desde la estratosfera, a más de 39 kilómetros de altitud. Fue en octubre de 2012 y tardó en subir más de dos horas y media. Sin embargo, la caída apenas duró diez minutos.

Además de una buena preparación física, necesitó un traje capaz de soportar las bajas temperaturas y los cambios de presión producidos por la altitud y la gran velocidad de la caída.

¿Cuántos kilómetros, aproximadamente, le faltaron a Felix Baumgartner para salir de la atmósfera?

Predicciones en altura

La estación meteorológica más alta del mundo se encuentra cerca de la cima del Everest, a 8.000 metros de altitud. Desde este punto parten la mayoría de las expediciones para llegar a la cumbre.

La información que esta estación meteorológica ofrece es valiosísima, pues ayuda a evitar trágicos accidentes en la montaña por los cambios del tiempo.

¿Cómo serán las temperaturas que se registran en el termómetro de esa estación?

¡SOS! El hielo de la Tierra se derrite

La contaminación de las fábricas, el mal uso de los transportes... Estas y otras actividades hacen que aumente la temperatura de la atmósfera y del agua de los océanos. Es lo que se llama el calentamiento global.

Esto hace que el hielo de las regiones polares se derrita, aumentando el nivel del agua en los océanos. ¡Muchas zonas de costa podrían inundarse!

¿Qué podrías hacer tú para evitar que la temperatura de la Tierra siga subiendo?

Las cabañuelas

Hay una forma tradicional de predecir el tiempo de un año fijándose solo en los primeros 24 días del mes de agosto. Se llama las cabañuelas.

Los científicos opinan que no es un sistema eficaz, pero sus defensores aseguran que pueden predecir el tiempo de todo un año.

Para ello, observan las nubes, el Sol, la Luna, las estrellas, el viento, el rocío, las nieblas, los arcoíris y el granizo. ¿Funcionará?

¿Qué haces tú para saber qué tiempo va a hacer?

Salvados por la nevera

Una de las temperaturas más bajas de la historia fue registrada en la Antártida en 1983. ¡Se alcanzaron los 89,6 °C bajo cero!

Los científicos que estaban allí decidieron meterse dentro de las cámaras frigoríficas porque decían que allí las paredes les aislaban del exterior... y ¡hacía menos frío!

¿Cómo relacionas el trabajo de los científicos en la Antártida con el calentamiento global?

2 El agua y las rocas

A 6.000 kilómetros bajo tierra

Lo que faltaba –exclamó mi tío–; si ya te asustas, ¿qué ocurrirá después? ¡No hemos penetrado siquiera una pulgada en las entrañas de la Tierra!

–¿Qué quiere decir, tío?

–¡Quiero decir que tan solo hemos llegado al suelo de la isla! Este largo tubo vertical, que desemboca en el cráter de Sneffels, se detiene aproximadamente al nivel del mar.

–¿Está seguro?

–Completamente seguro. Consulta el barómetro [...]

–Pero –añadí yo– ¿esta presión que va aumentando no será peligrosa para nosotros?

–No. Descenderemos lentamente y nuestros pulmones se habituarán a respirar una atmósfera más comprimida. Los aeronautas terminan por carecer de aire al elevarse por las capas superiores, mientras que nosotros tal vez tendremos demasiado.

Julio Verne: *Viaje al centro de la Tierra*, Editorial Molino (adaptado)

Hablamos

1. Un profesor, su sobrino y un guía viajan al centro de la Tierra.
   - a) ¿Quién tiene miedo? ¿Por qué? ¿Qué sentirías tú?
   - b) ¿Por dónde accede el grupo al interior de la Tierra?
   - c) ¿Qué mide el barómetro que usan?
2. Los personajes buscan el centro de la Tierra, a más de 6.000 kilómetros de profundidad. ¿Cuántas personas crees que han llegado a ese lugar?
3. Observa los personajes de la ilustración. ¿Qué hacen? ¿Piensas que son deportistas o científicos? ¿Por qué?

¡Qué importante es... conocer la Tierra!

Gracias a los científicos sabemos cuánto mide la Tierra, cuándo entrará en erupción un volcán o qué responsabilidad tenemos sobre la naturaleza. ¿Por qué es importante conocer todas estas cosas?

Tarea final

Investiga sobre una organización dedicada a proteger el medioambiente. ¿Es importante que existan estas organizaciones? ¿Por qué?

1 La hidrosfera, la esfera de agua

Observa cómo se ve la Tierra desde el espacio. ¿Qué ves? ¿De qué parte del planeta crees que se trata?

¿Cómo es la hidrosfera?

La Tierra está cubierta por una **gran capa de agua** llamada hidrosfera que ocupa, aproximadamente, tres cuartas partes de su superficie.

El agua de la hidrosfera es siempre la misma, pero puede aparecer en **tres estados**: líquido, sólido y gaseoso.

1. El agua líquida

El agua líquida en el planeta puede ser **salada**, como la de los océanos y mares, o **dulce**, como la de los ríos, lagos y aguas subterráneas.

El agua salada es la más abundante en la Tierra.

2. El agua sólida

En la Tierra podemos encontrar agua en estado sólido, en forma de **hielo y nieve**. Así sucede en los **polos** norte y sur, y también en las **montañas más elevadas** del planeta.

La mayor parte del agua dulce de la Tierra se halla en estado sólido.

3. El vapor de agua

Además, el agua puede presentarse en **estado gaseoso**. Es el vapor de agua presente en el aire que nos rodea.

En días muy soleados, los charcos del suelo se secan. El agua líquida se convierte en vapor y pasa a la atmósfera.

¿Cómo se transforma el agua?

La cantidad de agua que hay en nuestro planeta es siempre la misma.

Sin embargo, el agua **circula** constantemente de un lugar a otro y **cambia de estado** varias veces. A ese proceso se lo conoce como **ciclo del agua**.

sm**Savia**digital.com
COMPRENDE Observa esta animación sobre los cambios en los **estados del agua**.

Trabaja con las imágenes

1. Señala en tu cuaderno en qué estado se encuentran las aguas en estos casos.

   los charcos - el granizo - las nubes - un iceberg - los océanos - la atmósfera

2. ¿Qué elementos de la actividad 1 contienen agua dulce?

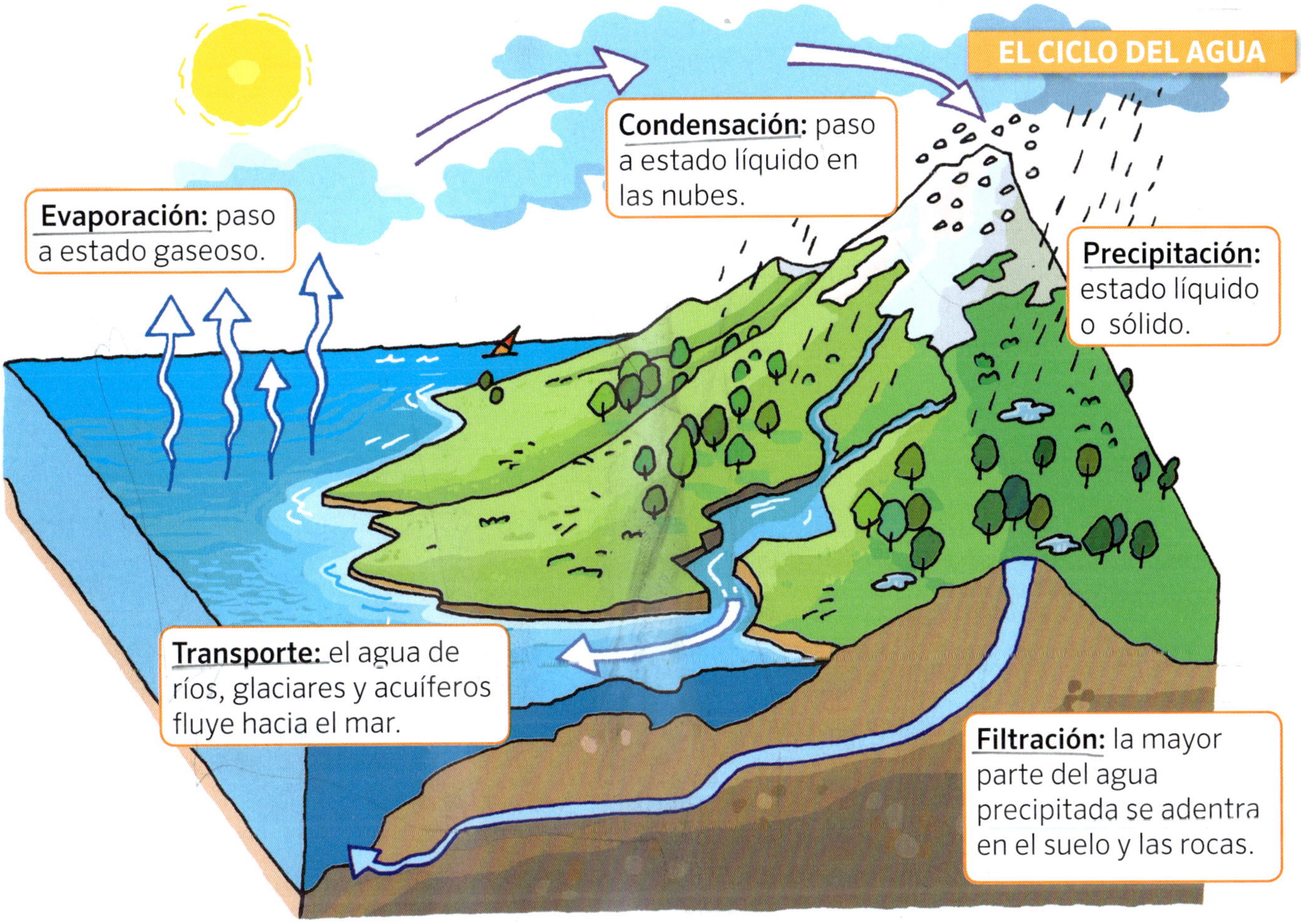

- La **hidrosfera** es el conjunto de toda el agua del planeta.
- El agua presente en la Tierra puede encontrarse en **estado líquido, sólido o gaseoso**.
- El agua circula constantemente por el planeta en el **ciclo del agua**.

¿Sabías que...?

La **sal** hace que el agua precise una temperatura más fría para congelarse.

Por eso se esparce sal por las carreteras durante los días más fríos: así, aunque llueva, no se forma hielo.

Actividades

3 ¿Cómo se forman las nubes? Explícalo en tu cuaderno.

4 Busca en casa ejemplos de agua en cada uno de sus estados.

- ¿Cómo se ha obtenido el agua sólida? ¿Y el vapor de agua?

5 sm**Savia**digital.com
JUEGA Y APRENDE ¿Sabes ordenar los **estados del agua** en el ciclo natural?

Usa todos tus recursos

6 Las plantas transforman agua del suelo en vapor de agua. Es la evapotranspiración.

¡Compruébalo!

a) Riega una planta en una maceta.

b) Cúbrela con una bolsa de plástico transparente.

c) Ponla al Sol. ¿Qué ocurre?

2 Los océanos y los mares

Nueve de cada diez litros que hay en el planeta están en los océanos. Nosotros no podemos beber agua salada, pero ¡cientos de miles de especies de seres vivos sí!

¿Qué es un océano?

Los océanos son **enormes extensiones de agua salada** que cubren gran parte de la superficie de la Tierra. Debido a la evaporación, cada océano tiene una cantidad de sal distinta. Los océanos polares son los menos salados.

¿Qué es un mar?

Los mares son también extensiones de agua salada pero de **menor tamaño, menos profundos** y con mayor concentración de sal. Los mares pueden ser:

- **Costeros.** Ocupan zonas costeras de un océano. El mar Cantábrico es un mar costero del océano Atlántico.
- **Continentales.** La tierra los rodea por todos lados salvo por un estrecho que los comunica con el océano. El mar Mediterráneo es un mar continental: se abre al océano Atlántico por el estrecho de Gibraltar.
- **Cerrados.** Están completamente rodeados de tierra, como el mar Caspio.

Observa y aprende — Bajo el mar

¿Has pensado qué hay bajo los mares y océanos? Si pudieses nadar sin límite hacia el fondo, ¿qué encontrarías? Bajo los mares y océanos hay zonas con distinta profundidad, desde las aguas poco hondas de la costa hasta los 11 kilómetros de profundidad. Estas diferencias se deben al **relieve del fondo oceánico**. Observa el perfil de este fondo:

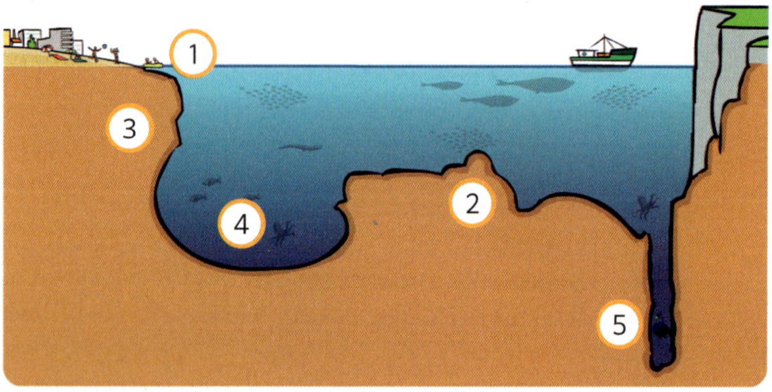

1. **Plataforma continental.** Zona próxima a la costa. De 0 a 200 m de profundidad.
2. **Dorsal oceánica.** Cordilleras bajo el océano. Pueden incluso formar islas en la superficie.
3. **Talud continental.** Zona entre la plataforma y las profundidades del océano.
4. **Fondo abisal.** Fondo oceánico. 2.000 m de profundidad.
5. **Fosa oceánica.** Zonas más profundas. Hasta 11.000 m de profundidad.

smSaviadigital.com

JUEGA Y APRENDE En Europa hay una isla situada en una **dorsal oceánica**. ¡Adivina cuál es!

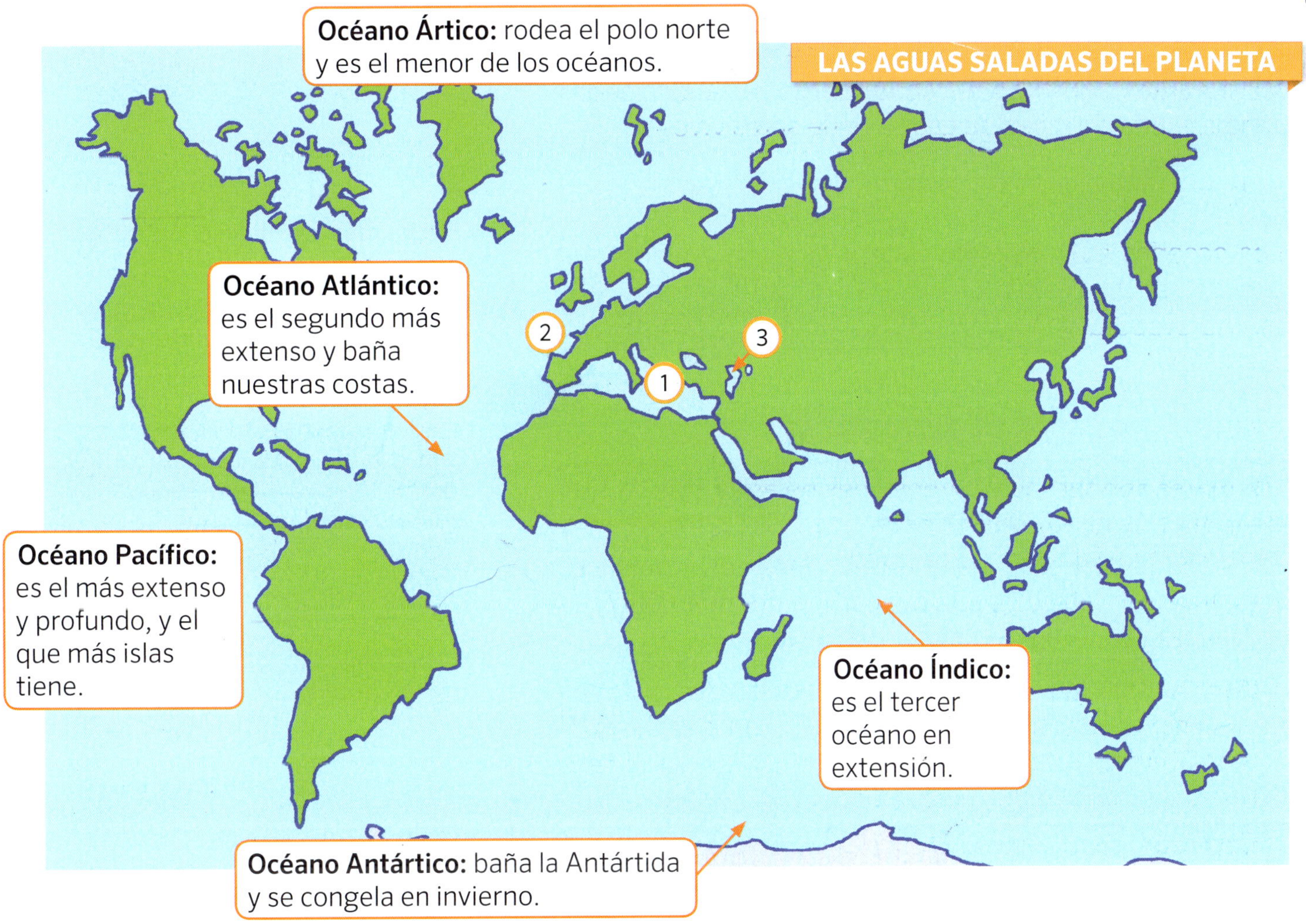

- Los **océanos** y los **mares** son grandes acumulaciones de agua salada sobre la superficie de la Tierra.
- Existen **cinco grandes océanos**: Pacífico, Atlántico, Índico, Antártico y Ártico.

Trabaja con el mapa

7 Observa los mares señalados con los números 1, 2 y 3, y anota cuál es continental, cuál es cerrado y cuál es costero.

8 Indica en tu cuaderno qué nombre corresponde a cada uno de dichos mares.

Mediterráneo | Cantábrico | Caspio

Actividades

9 Copia y completa:

> Los ••• y los ••• son acumulaciones de agua ••• que ocupan la mayor parte de la superficie de la •••. Sin embargo, los ••• tienen más profundidad y son más extensos que los •••.

10 Nombra los cinco océanos del planeta y cita una característica de cada uno de ellos.

Usa todos tus recursos

11 Dibuja un perfil del relieve oceánico. Incluye una isla formada por una dorsal.

Busca el planisferio físico en tu *Atlas*. ¿Cómo se señalan las zonas de distinta profundidad en los mares y océanos?

smSaviadigital.com
PRACTICA Observa y localiza los **océanos** en el mapa.

3 Las aguas continentales

Las personas y los seres vivos de los continentes solo consumimos agua dulce. Sin embargo, esta es apenas una pequeña cantidad del agua del planeta.

¿Dónde se halla el agua dulce?

Las aguas continentales son aquellas **aguas dulces** que encontramos en los **continentes**.

Estas aguas provienen de las **precipitaciones**, que suceden al condensarse el **agua evaporada del mar**. Durante la evaporación, el agua del mar **pierde la sal**.

Existen numerosas formas de hallar agua dulce:

¿Sabías que...?

El río más caudaloso no es de agua dulce

Pues no... Es una corriente marina que desplaza veinte veces más agua que todos los ríos juntos. Lo hace desde las zonas más cálidas a las más frías, en un camino de ida y vuelta que recorre los océanos y redistribuye la energía solar por la superficie.

LAS AGUAS DULCES

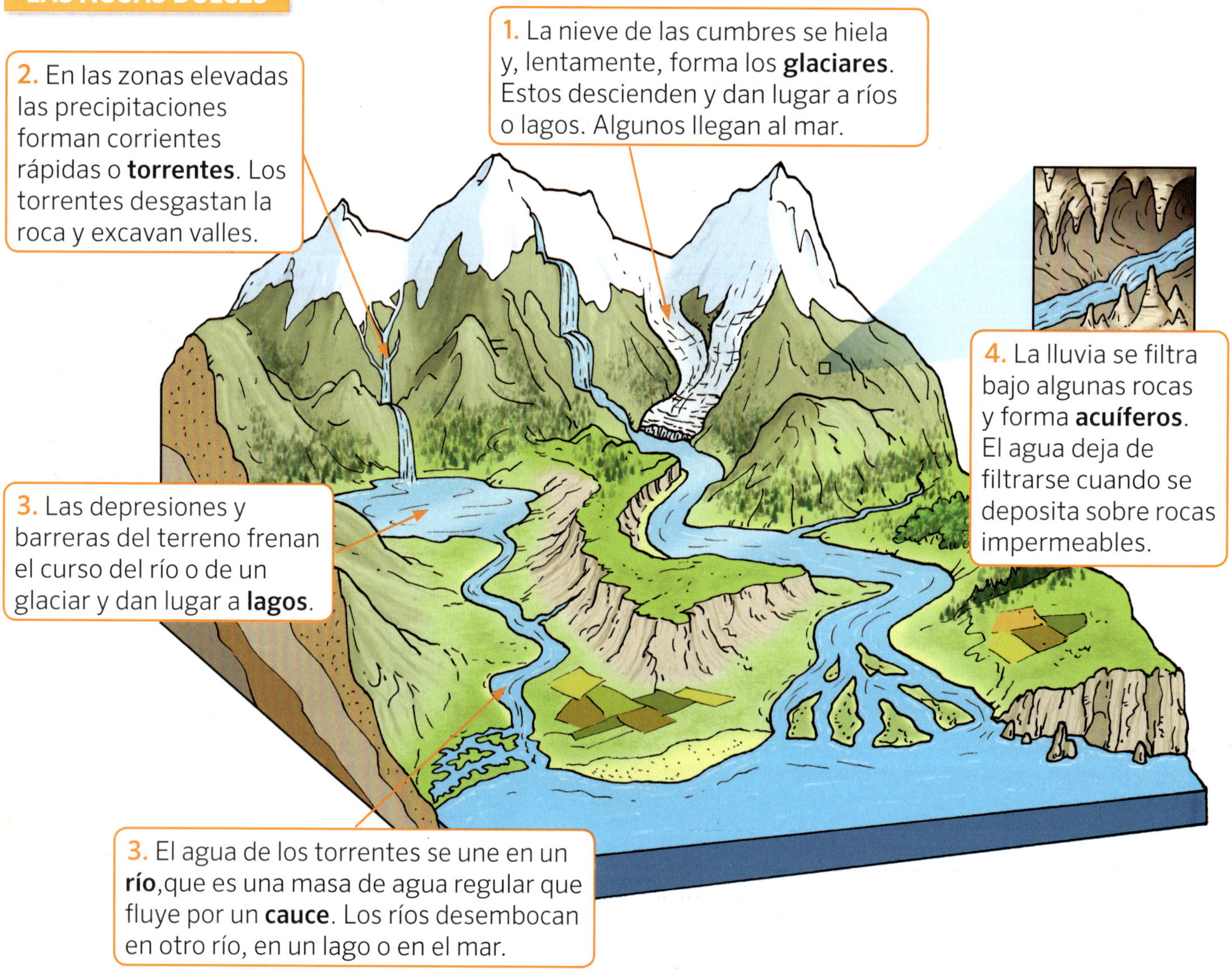

Taller de Geografía

El curso de un río en tres dimensiones

Las **infografías** son **ilustraciones** acompañadas de **textos**. Algunas se realizan en **tres dimensiones** y son muy útiles para estudiar la **geografía**, pues permiten ver varias cosas al mismo tiempo y ofrecen explicaciones útiles. En este ejemplo se analiza **el curso de un río**.

Este punto de vista es elevado y lateral. Por eso podemos ver todas las partes de un río.

1. En el **curso alto** se halla el nacimiento del río, entre montañas con pendiente y valles profundos. Los ríos, rápidos, arrastran sedimentos sólidos.

2. En el **curso medio**, el terreno es más llano y los ríos se vuelven más anchos y lentos. Forman grandes curvas llamadas meandros.

3. En el **curso bajo**, las aguas son aún más lentas. En la desembocadura, el río deposita los materiales sólidos que ha arrastrado y forma deltas.

Trabaja con la infografía

12 ¿Cuáles son las partes de un río?

13 Observa esta ilustración que representa la formación y el curso de un glaciar.

- Redacta en tu cuaderno tres textos para acompañar el dibujo y explicar el proceso.

- Las **aguas continentales** son aguas **dulces** que provienen de la lluvia y forman **torrentes**, **ríos** y **glaciares**.
- Las **aguas subterráneas** son las que se filtran al subsuelo y forman **acuíferos**.
- Tras su nacimiento, el río recorre el **curso alto**, fluye de forma lenta en el **curso medio** y desemboca en el curso **bajo**.

Actividades

14 Describe un glaciar y un río, y señala las diferencias entre ambos.

15 Las mayores reservas de agua están bajo tierra. ¿Cómo se llaman?

16 sm**Savia**digital.com
JUEGA Y APRENDE Resuelve el crucigrama de las **aguas continentales**.

Párate a pensar

El agua de nuestro planeta forma la hidrosfera. Ya sabes mucho más sobre esa capa tan importante de la Tierra. ¡Compruébalo!

El agua en movimiento

Trabajad por parejas. Podéis hacer un concurso entre los distintos grupos de trabajo.

17 **Por parejas, buscad los errores en las oraciones y corregidlas en el cuaderno. Luego podéis comprobar las respuestas en grupo.**

- La mitad de la Tierra está cubierta por agua.
- En nuestro planeta encontramos el agua en estado sólido, líquido y abisal.
- Los océanos y los mares son grandes acumulaciones de agua dulce.
- En las zonas altas de montaña y en el polo norte hay agua en estado sólido.

18 **Copiad la infografía en una cartulina y completad la información como en el modelo. Colgad los murales en el aula con el título: ¡El agua es fuente de vida!**

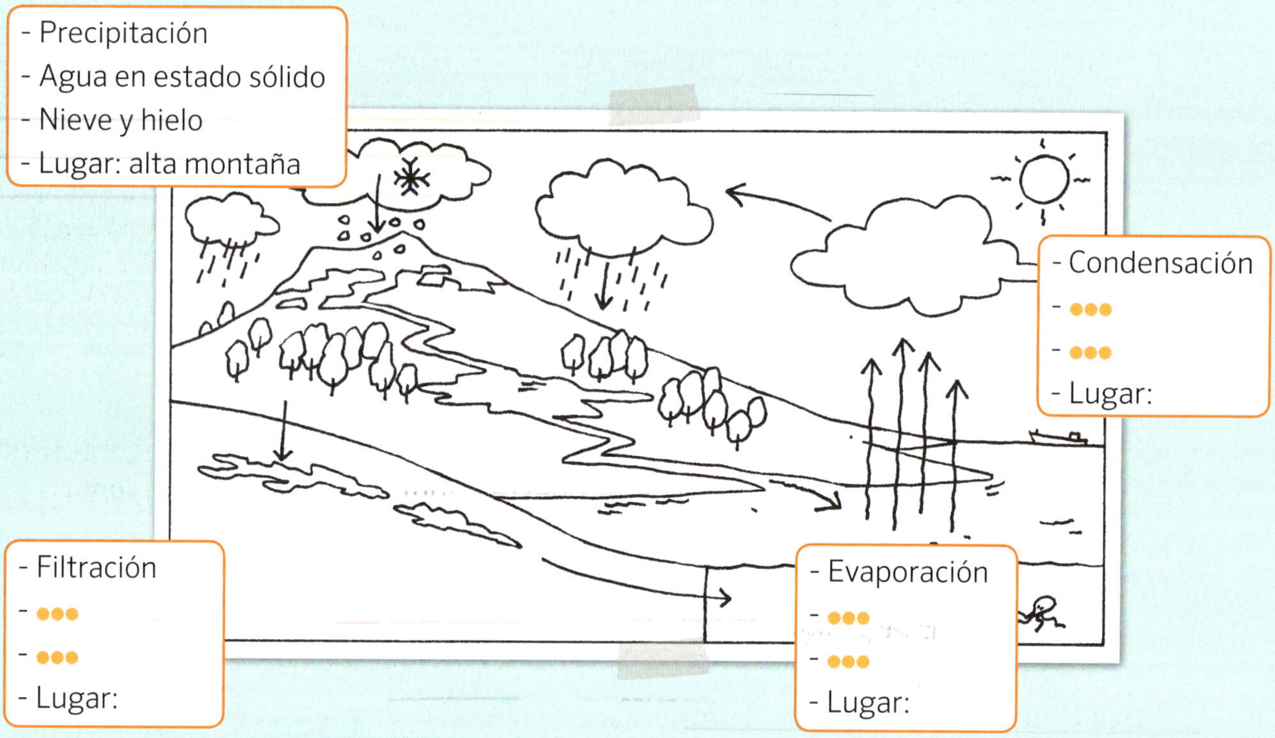

19 **Copia y completa este párrafo en tu cuaderno.**

Las aguas ●●● son dulces y provienen de la lluvia. Al caer pueden formar torrentes, ●●● y ●●● sobre la superficie terrestre. El origen del agua de la lluvia es agua ●●● que pierde la salinidad por la ●●●.

Rocas bajo el agua y agua bajo la rocas

En el planeta, la lluvia puede filtrarse bajo las rocas. También encontramos rocas debajo del mar. ¡Todo está relacionado!

20 Este dibujo reproduce un acuífero.

- Explica qué es un acuífero y cómo se forma.
- Copia el dibujo y señala, como en una infografía, dónde están la lluvia, la roca impermeable y la roca permeable.

21 Comprueba lo que sabes sobre el misterioso fondo oceánico.

- Ordena las partes del fondo oceánico de más elevada a más profunda.

talud continental | plataforma continental | dorsales oceánicas | fosas oceánicas | planicies abisales

- ¿Cuál de ellas equivale a una montaña? ¿Y a un valle? ¿Y a una llanura?

22 La montaña más alta de todos los continentes es el Everest, que mide 8.848 metros.

- Si el Everest estuviese en la fosa oceánica más profunda, ¿sobresaldría de la superficie del agua? Explica tu respuesta.

El trivial de las aguas continentales

23 Con la ayuda de las pistas, escribe tres preguntas sobre las aguas continentales en tres tarjetas distintas. Anota detrás sus respuestas. Juntad las tarjetas y ¡a jugar!

PISTAS

- Las aguas continentales provienen del agua del mar evaporada.
- En la alta montaña, el agua de lluvia cae por las fuertes pendientes y forma torrentes.
- Los ríos nacen en las montañas y desembocan en un río, un lago o en el mar.
- En los glaciares el agua está en estado sólido.
- Si el agua superficial encuentra una barrera, forma un lago.
- Las aguas subterráneas se filtran al subsuelo.

4 La geosfera, la esfera de rocas

La hidrosfera cubre solo la capa más superficial de la corteza terrestre. Bajo ella, todo es roca. Esto quiere decir que, en el planeta, hay mucha más roca que agua.

Si excavásemos toda la roca desde la península Ibérica hasta el otro extremo del planeta llegaríamos a la isla de Nueva Zelanda. ¿Te lo imaginabas?

La profundidad de la Tierra

La **geosfera** es la gran **masa rocosa** que compone el planeta. Tiene forma **casi esférica**, aunque algo achatada por los polos.

Esa esfera rocosa mide unos 12.742 kilómetros de **diámetro**. Excavar esa distancia a miles de grados de temperatura resulta imposible.

Por esa razón, los científicos solo han profundizado unos miles de metros en la corteza terrestre.

¿Cómo se estudia la geosfera?

Los científicos han aprendido a observar **fenómenos** que suceden en la superficie del planeta pero que se originan en su interior.

Así han podido estudiar las **capas de la Tierra** y establecer que están formadas por **minerales y rocas**.

LA GEOSFERA

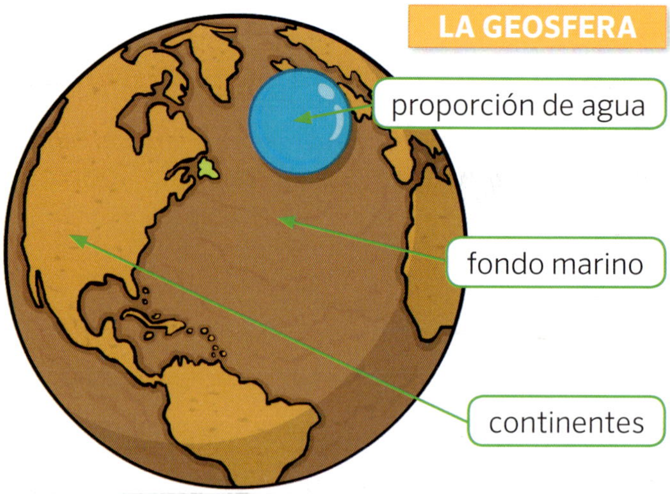

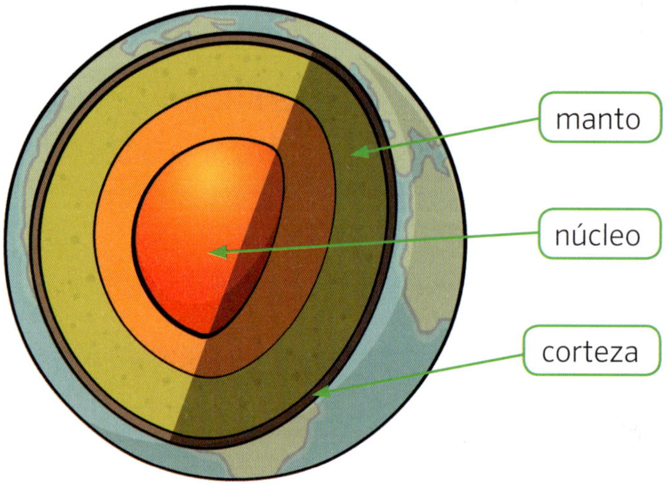

smSaviadigital.com
COMPRENDE Explora las capas de la **geosfera**.

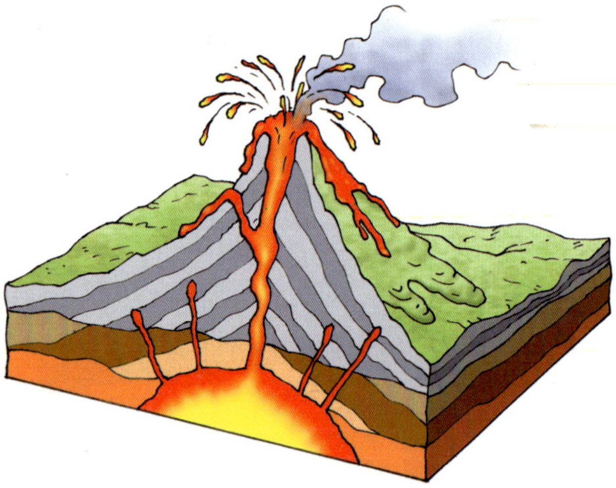

- Los **volcanes** se originan en el manto terrestre y traen materiales del interior a la superficie. Pueden ser muy potentes y algunos han destruido ciudades enteras, como Pompeya, en Italia.

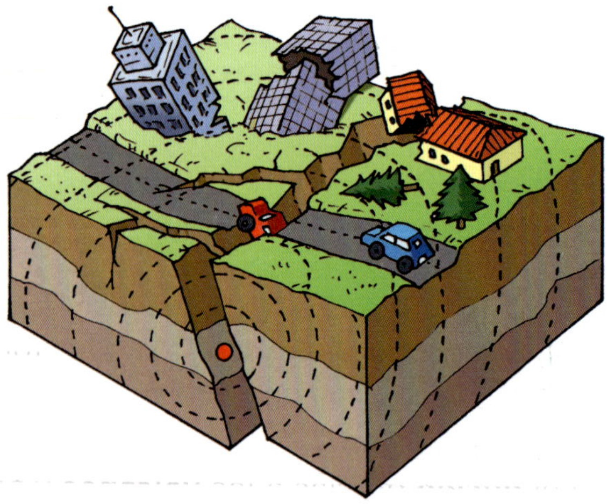

- Los **terremotos** son movimientos violentos de tierra que se originan en la corteza terrestre. Aportan información muy valiosa, pero provocan graves daños sobre las construcciones y las personas.

Minerales y rocas

Un **mineral** es una sustancia sólida e inorgánica formada en la **naturaleza**. Cada mineral tiene una composición distinta y por eso cuentan con diferentes formas, durezas, colores y brillos.

La dureza. Es la resistencia al rayado. El más blando es el talco y el más duro, el diamante.

El brillo. Puede ser metálico, como el de la blenda, o vítreo, como el cuarzo.

El hábito. Es la forma de los minerales en la naturaleza. La pirita es cúbica.

El color. Algunos minerales presentan colores llamativos, como el azufre.

Los minerales se agrupan en la naturaleza formando **rocas**. El granito, por ejemplo, es una roca compuesta por tres minerales: cuarzo, feldespato y mica.

LOS TIPOS DE ROCAS

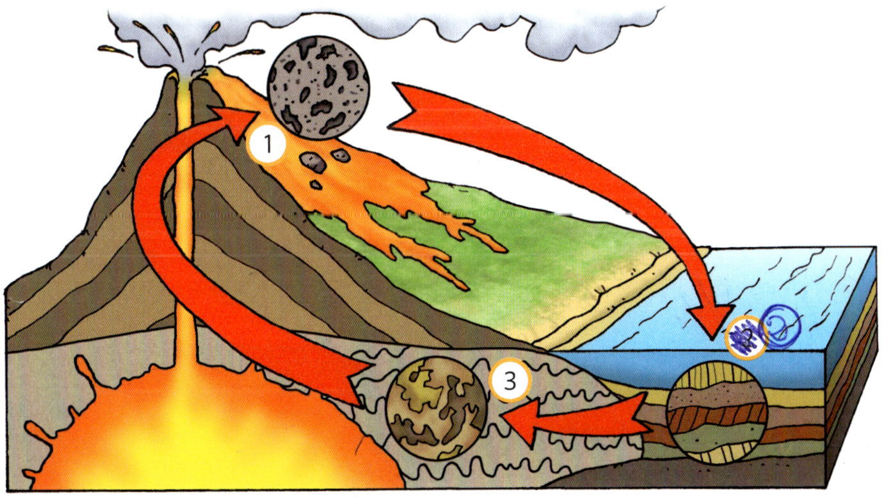

1. Las rocas **magmáticas** se forman cuando el magma sale a la superficie, se enfría y solidifica.
2. Las rocas **sedimentarias** se forman por la erosión de otras rocas.
3. Las rocas **metamórficas** se forman debido al calor y a la presión de unas rocas sobre otras.

- La **geosfera** es la masa de rocas que forma la Tierra.
- Es posible estudiar la **corteza**, el **manto** y el **núcleo** gracias a los **volcanes** y **terremotos**.
- Los **minerales** son sustancias naturales, sólidas e inorgánicas. Las **rocas** son agrupaciones de minerales.

Actividades

24. ¿Cómo se estudia el manto terrestre?
25. ¿Cómo funciona un volcán? ¿Qué tipo de rocas expulsa?
26. ¿Qué diferencia hay entre un mineral y una roca?
27. sm**Savia**digital.com
    PRACTICA Descubre y clasifica algunos **minerales y rocas**.

5 La formación del relieve terrestre

Hace más de 4.000 millones de años se formaron los océanos, la atmósfera y la corteza rocosa de la Tierra. Mucho después, hace 300 millones de años, se formó un gran continente llamado Pangea. Fue el origen de los continentes.

Observa su evolución:

1. Era primaria	2. Era secundaria	3. Era terciaria	4. Era cuaternaria
500 millones de años.	250 millones de años.	70 millones de años.	1 millón de años.
Primeras cordilleras.	Separación de los continentes.	Nuevas cordilleras.	Glaciaciones. Se forma el relieve actual.
Primeros peces, reptiles y plantas.	Dinosaurios y plantas con flores.	Aves, mamíferos y antepasados del ser humano.	Aparece el ser humano actual.

¿Qué es el relieve terrestre?

Desde los orígenes del planeta, la corteza terrestre ha sufrido cambios, bruscos o lentos, que han formado el **relieve**:

- **Factores internos.** Los volcanes y los terremotos provocan movimientos que empujan y rompen las rocas hasta formar montañas, valles y acantilados.
- **Factores externos.** El agua y las partículas de arena que arrastra el aire golpean la roca, la erosionan y, con el tiempo, moldean su forma. Por eso decimos que una montaña poco erosionada y elevada es aún "joven".

El relieve terrestre influye en el **clima** y en el desarrollo de los **seres vivos**.

Por ejemplo, la altitud del Everest determina la falta de oxígeno y el frío extremo. Por eso allí no existe vegetación ni pueden vivir las personas.

Taller de Geografía

¡Nace una montaña!

La **corteza terrestre** está formada por **placas de roca** en movimiento. Al moverse, algunas rocas se pliegan y otras se rompen, según su dureza y resistencia, lo que da lugar a terremotos y a la aparición de montañas.

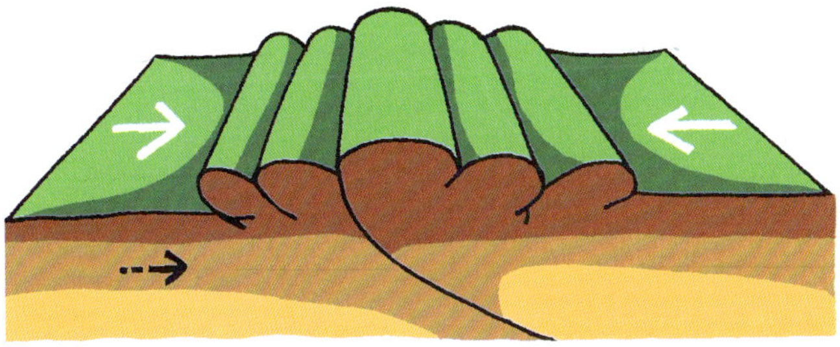

Algunas montañas se forman por el **pliegue** de las rocas al ser empujadas.

Otras se forman al chocar dos bloques de roca y provocar una fractura llamada **falla**.

28 Coge un trozo grande de papel higiénico y colócalo estirado sobre una mesa. Coloca tus manos en cada uno de los extremos. A continuación, intenta juntar tus manos sin dejar de sujetar el papel. ¿Qué sucede? ¿Qué movimiento de las placas has imitado?

29 Intenta hacer lo mismo con dos rebanadas de pan tostado. Explica lo que sucede.

- El **relieve** está formado por las placas de roca de la corteza terrestre.
- El relieve se forma por la acción de **factores internos** y de **factores externos** como la erosión.

Actividades

30 Define qué es el relieve.

31 Completa en tu cuaderno esta tabla sobre la formación de los continentes.

Era				
Millones de años	500	250		
Relieve			Nuevas cordilleras	
Especies				Ser humano

Usa todos tus recursos

32 ¿Qué es una roca? ¿Qué relación tiene con el relieve terrestre?

33 Anota qué acción sucede en cada caso.

expulsión de magma - erosión por agua
movimiento de placas - erosión por viento

6 Los tipos de relieve

El relieve de la Tierra es variado. De lo contrario, no tendríamos costumbres como las de ir a la playa, practicar deportes en la montaña o viajar a islas lejanas. ¡El relieve afecta incluso a nuestro ocio!

¿Qué formas tiene el relieve?

Los factores internos y externos forman y moldean estos **tipos de relieve**: de interior, de costa y oceánico.

- El **relieve de interior** emerge sobre el nivel del mar. Forma montañas, llanuras y valles.
- En el **relieve de costa** hay salientes y entrantes, desembocaduras de ríos e islas.
- En el **fondo oceánico** destacan las dorsales, las llanuras y las fosas en forma de valles profundos.

RELIEVE DE INTERIOR

Corresponde a la **corteza continental**, situada por encima del nivel del mar.

Está formado por **montañas**, zonas de **llanura** y **valles**.

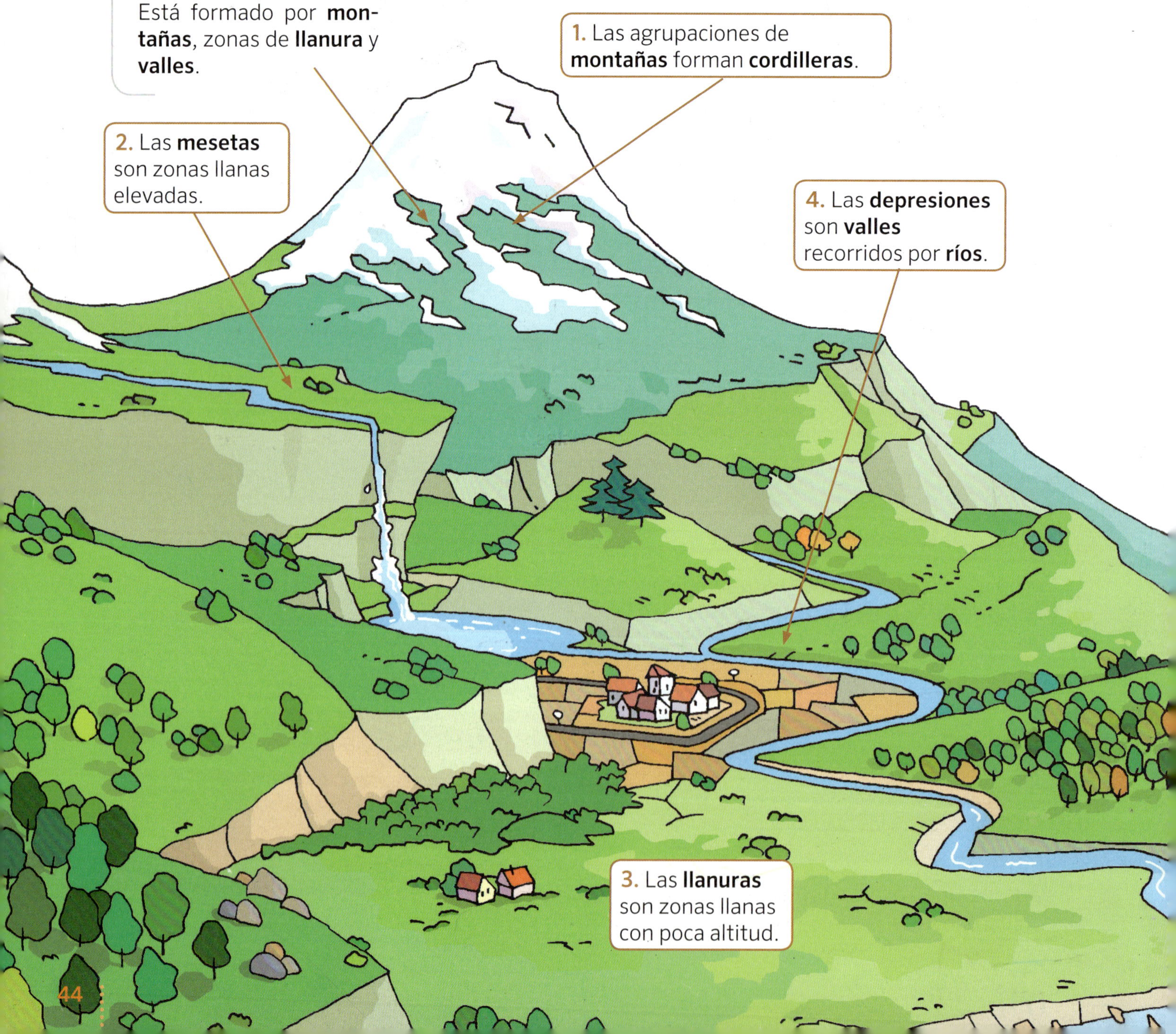

Actividades

34 Qué tipo de relieve se ve en cada caso?

a

b

Usa todos tus recursos

35 Describe el relieve del lugar donde vives y cita las unidades que lo forman.

36 Imagina que eres una montaña. Escribe un texto en el que cuentes tu historia. No olvides estos datos.

- ¿Cómo y cuándo fue tu nacimiento?
- Las causas de tus cambios físicos.
- ¿Quiénes son tus habitantes?
- ¿Cómo es el clima en tu cumbre?

sm**Savia**digital.com
JUEGA Y APRENDE ¿Qué sabes sobre el **relieve**?

RELIEVE DE COSTA

Se encuentra en el **límite** entre la corteza continental y los mares y océanos.

Cuenta con **salientes y entrantes**, con **desembocaduras** de ríos y con **islas**.

RELIEVE OCEÁNICO

Está situado **bajo el agua** de los mares y océanos.

Presenta **llanuras**, **dorsales oceánicas**, **fosas** abisales...

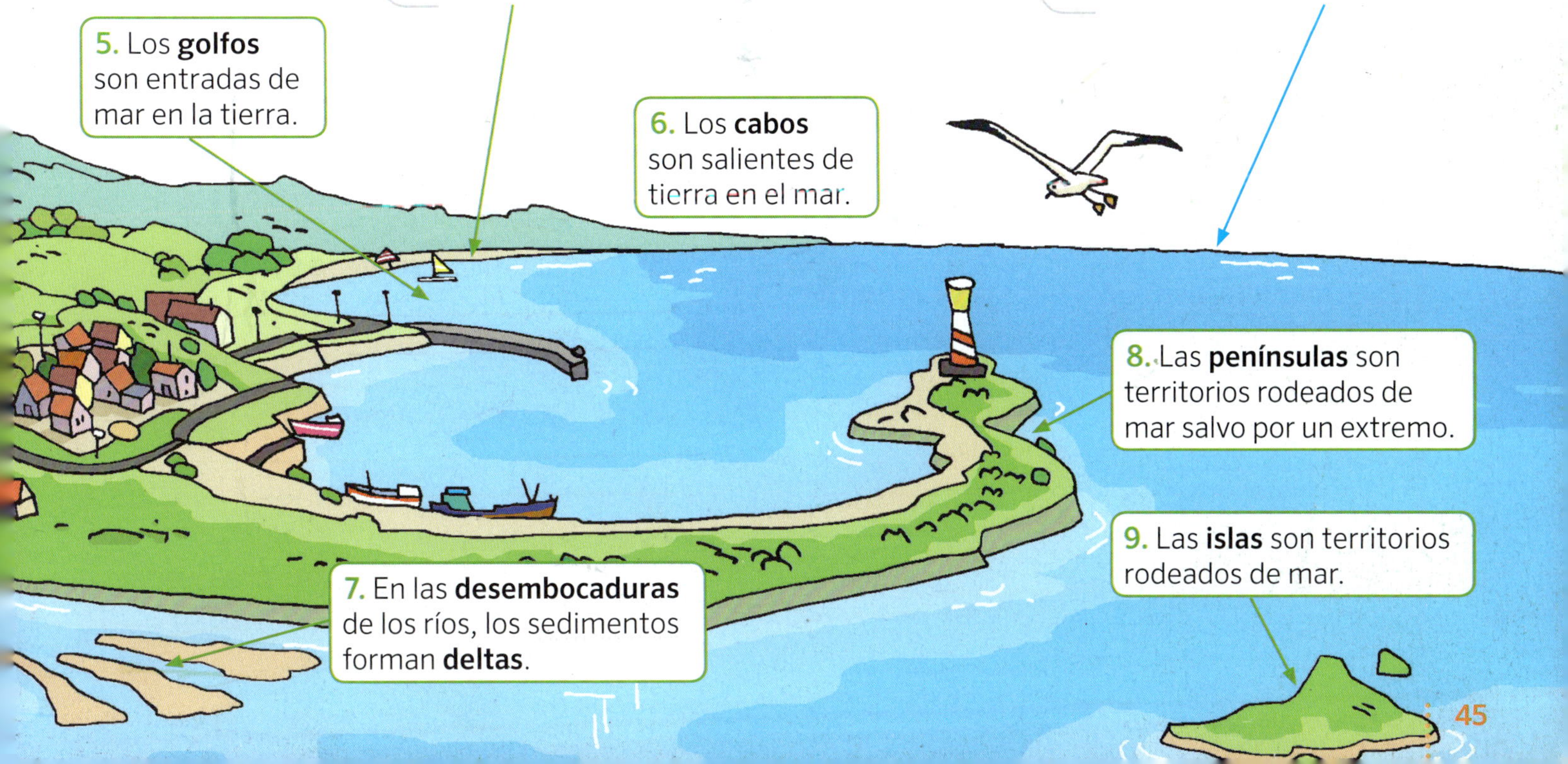

Organiza tus ideas

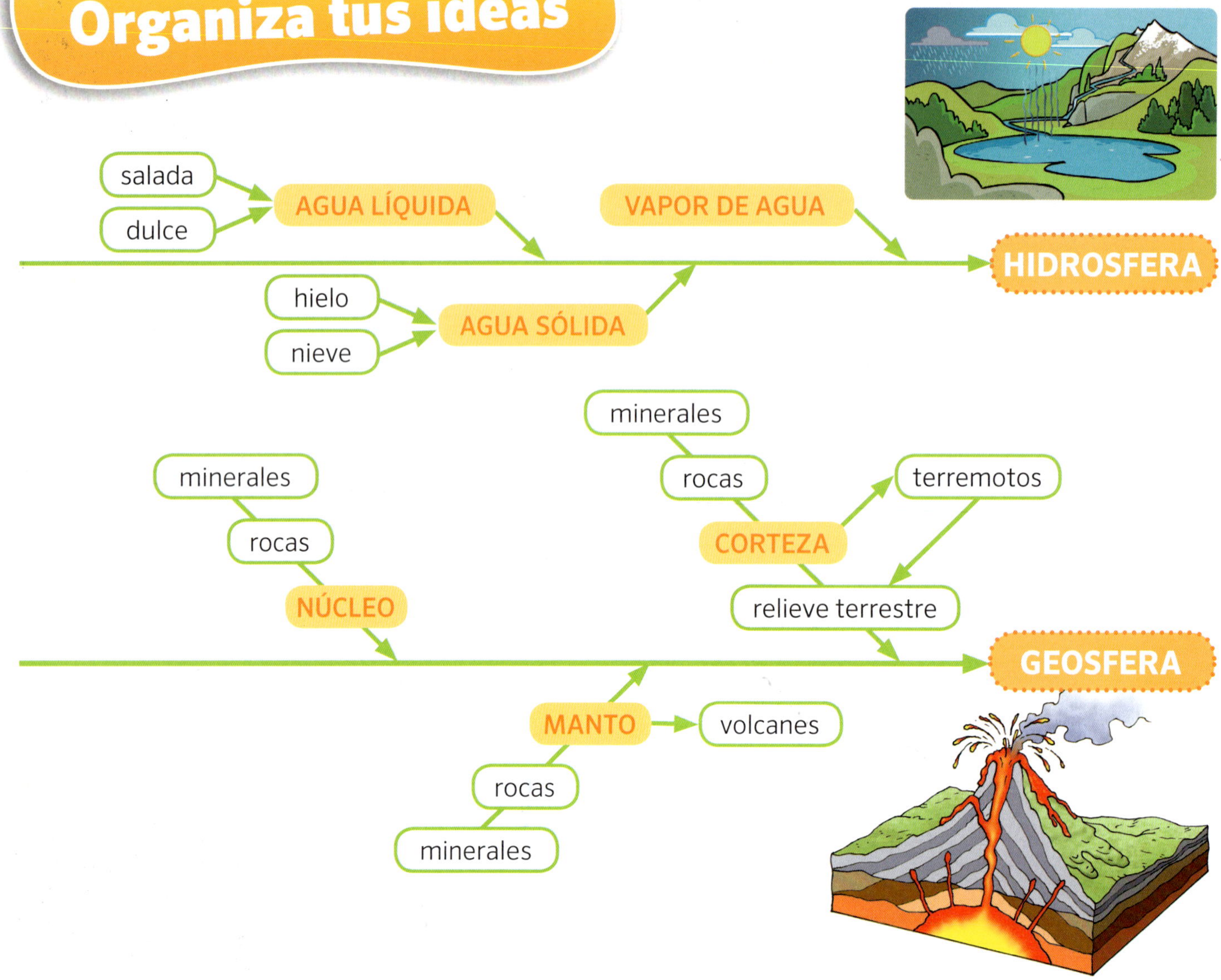

Trabaja con el esquema

37 Copia y completa el esquema en tu cuaderno. Además señala estos aspectos.

a) Las partes del curso de un río y sus características.

b) Las causas internas de la formación del relieve.

c) Cuatro formas del relieve continental y cuatro del relieve costero.

38 Completa estos párrafos con la información del esquema.

a) El agua existente en el ●●● se presenta en tres estados: ●●●, ●●● y ●●●.

b) Las rocas metamórficas ●●● se forman debido a la acción de ●●● sobre otras rocas.

c) Los volcanes y los ●●● son causas ●●● de la formación del relieve.

39 Completa tu esquema con las siguientes actividades.

a) ¿En qué estado se encuentra el agua en estos elementos?

nubes · lago · nieve · niebla · mares

b) Dibuja el ciclo del agua y nombra sus fases.

40 Corrige las afirmaciones en tu cuaderno.

a) La fuerza del magma erosiona las rocas.

b) Los terremotos y volcanes son factores externos que erosionan el relieve.

c) El relieve oceánico forma salientes sobre el mar llamados penínsulas.

Repasa la unidad

41 Define estos términos.

hidrosfera · cabo · llanura abisal · mineral · océano · acuífero

42 ¿En qué lugar del planeta hay más cantidad de agua? Responde en tu cuaderno.

A. En los polos
B. En los ríos
C. En los océanos
D. En las nubes

43 ¿Cuál es la capa más profunda de la Tierra?

44 Busca el mapa físico de España en tu *Atlas* y cópialo en tu cuaderno. Anota el nombre de los océanos y mares.

45 Indica cuáles son los tramos en los que se divide el curso de un río y sus características.

46 Anota el nombre de estos conceptos en tu cuaderno.

a) Territorios rodeados de mar salvo por un extremo.
b) Curvas de los ríos en su curso medio.
c) Rocas formadas debido al enfriamiento del magma.

47 ¿Qué proporción de agua dulce hay en la Tierra?

A. 3/4 B. 2/4 C. 1/4

48 Observa y responde las cuestiones.

a) ¿Qué tipo de relieve es?
b) ¿Qué unidades de relieve distingues?
c) ¿Cómo se han creado esas formas?

49 Observa las dos fotografías. ¿Cuál crees que es el lugar más adecuado para vivir? Da al menos tres razones.

a

b

50 El agua dulce es escasa. ¿Qué acciones puedes realizar a diario para ahorrar agua?

smSaviadigital.com
VALORA LO APRENDIDO Comprueba lo que sabes en la **autoevaluación**.

Ponte a prueba

¡Los océanos y los continentes se mueven!

Los continentes y el fondo oceánico forman parte de gigantescas placas tectónicas, que parecen componer un puzle en la corteza terrestre.

- Las fuerzas interiores de la Tierra logran desplazar las placas unos centímetros al año.
- Al moverse, las placas chocan y pueden provocar terremotos y maremotos.
- Así se originó, hace millones de años, el relieve de nuestras islas Canarias.

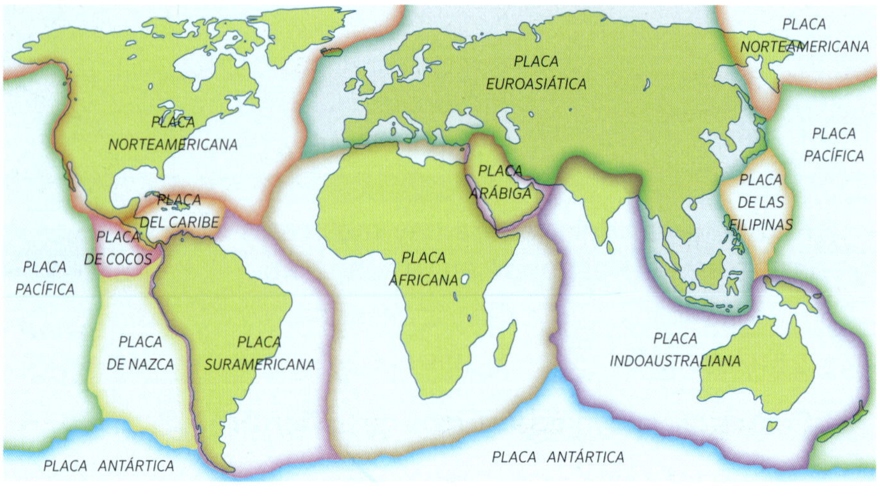

1. ¿Qué son las placas tectónicas? ¿Cómo actúan en la creación del relieve terrestre?
2. Observa el mapa y busca en qué placa o placas vivimos nosotros. ¿Hay cerca una zona de unión o de separación con otra placa?
3. ¿Hay alguna placa situada solo bajo océanos? Si es así, nómbrala.

Tarea final Un cartel con conciencia

¡Participemos en la conservación de la Tierra!

PASO 1 En grupos, realizad carteles que alerten de los perjuicios que la acción humana puede provocar en el agua, en el aire y en la roca. Incluid un lema e imágenes.

PASO 2 Entre todos, seleccionad el mejor lema, las mejores ilustraciones y los datos más apropiados y elaborad juntos un único cartel digital.

PASO 3 Extrae tus propias conclusiones a partir de vuestro cartel.

a) ¿Qué es lo que queríais expresar?

b) ¿Crees que lo habéis logrado? ¿Por qué?

smSaviadigital.com

VALORA LO APRENDIDO ¿Cómo has trabajado en esta **tarea**?

http://www.rape.org

¿Quién se atreve a pescarlo?

No es fácil verlo. El rape abisal es uno de los habitantes de los fondos marinos, donde vive a unos 2.000 metros de profundidad. En ocasiones se ha visto a 5.000 metros de profundidad.

El rape macho apenas mide unos 20 centímetros, 80 menos que las hembras, pero ¡cuentan con los dientes más largos del océano en relación a su cuerpo!

¿Cuántos kilómetros tendrá que bajar el rape abisal desde los fondos donde vive para llegar al lugar más profundo de los océanos?

Aquí no me ahogo

El rape abisal tendría muchos problemas para sobrevivir en el mar Muerto, pues este contiene tanta sal que es imposible hundirse. De hecho, la salinidad es tan alta que no pueden vivir animales ni plantas en él. Eso sí, está repleto de microorganismos. ¡Otra forma de vida!

¿Qué tipo de mar es el mar Muerto? ¿Por qué se llama así?

Un hotel nuevo cada año

En Suecia está el mayor hotel construido totalmente de hielo. Es un hotel que se estrena cada año. Se edifica con bloques de hielo cada invierno y cuando llega la primavera... ¡se derrite! Imaginaos el trabajo que supone levantarlo. Por cierto, ¿tendrá calefacción?

¿Por qué se derriten los bloques de hielo al llegar la primavera?

¡Al cine!

En *Viaje al centro de la Tierra* los personajes se adentran en el interior del planeta por un volcán.

¿Es posible llegar al centro de la Tierra? ¿Por qué?

¡Lápices con diamantes!

Sabemos que el grafito se utiliza para las minas de los lápices, sobre todo en los de dibujo artístico. Lo que muchos no saben es que el grafito y el diamante son lo mismo: carbono.

Para llegar a ser un mineral tan duro como el diamante, el carbono tuvo que soportar mucha presión y mucha temperatura en el interior de la corteza terrestre.

¿Qué es un mineral? ¿Y una roca?

Comprueba lo que has aprendido

Test

¿Puedes recordar todo lo que has aprendido durante este trimestre? ¡Compruébalo!

1. ¿Cuáles son las capas de la atmósfera?

A. Atmósfera, geosfera, hidrosfera, litosfera y exosfera.
B. Troposfera, estratosfera, mesosfera, termosfera y exosfera.
C. Geosfera, hidrosfera, atmósfera, estratosfera y mesosfera.

2. ¿Quiénes son los meteorólogos?

A. Las personas que estudian los meteoritos.
B. Los astros que entran en la atmósfera.
C. Las personas que estudian el tiempo atmosférico.

3. El pluviómetro mide:

A. La temperatura.
B. La fuerza del viento.
C. La cantidad de agua que cae en las precipitaciones.

4. Las estaciones del año se deben a:

A. La traslación de la Tierra, la inclinación del planeta y la incidencia de los rayos del Sol.
B. La división de la Tierra en dos hemisferios.
C. El movimiento de rotación de la Tierra y la inclinación del eje.

5. ¿Cuáles son los climas de España?

A. Clima mediterráneo, subtropical, oceánico y de montaña.
B. Clima desértico, mediterráneo y tropical.
C. Mediterráneo, oceánico y polar.

6. ¿Cuáles son los grandes océanos?

A. Mediterráneo, Atlántico, Pacífico, Ártico y Antártico.
B. Atlántico, Pacífico, Índico, Antártico y Ártico.
C. Mediterráneo, Pacífico, Atlántico, Índico y Antártico.

7. En Geografía, las aguas dulces son:

A. Las aguas con sabor agradable.
B. Las aguas de los mares y los océanos.
C. Las aguas que proceden de las precipitaciones.

8. ¿Cuáles son las capas de la geosfera?

A. Geosfera, atmósfera e hidrosfera.
B. Mesosfera, termosfera y exosfera.
C. Corteza, manto y núcleo.

9. El relieve terrestre se ha formado por:

A. Factores internos y externos.
B. Por las rocas y el agua.
C. Las montañas y la vegetación.

10. ¿Cuáles son las principales formas del relieve de costa?

A. Penínsulas, cabos, playas y bahías.
B. Península Ibérica, mesetas, cabos y playas.
C. Cabos, playas, valles y mesetas.

smSaviadigital.com REPASA

¿Cómo se mueve el aire?

El viento es el aire en movimiento. Pero ¿qué es lo que hace que el aire se mueva?

El aire frío pesa más que el aire caliente. Debido a ese peso, el aire frío desciende y, al bajar, desplaza al aire cálido de la superficie de la Tierra hacia arriba.

Por su parte, el aire cálido, al ascender, vuelve a enfriarse. De esta forma se completa el ciclo.

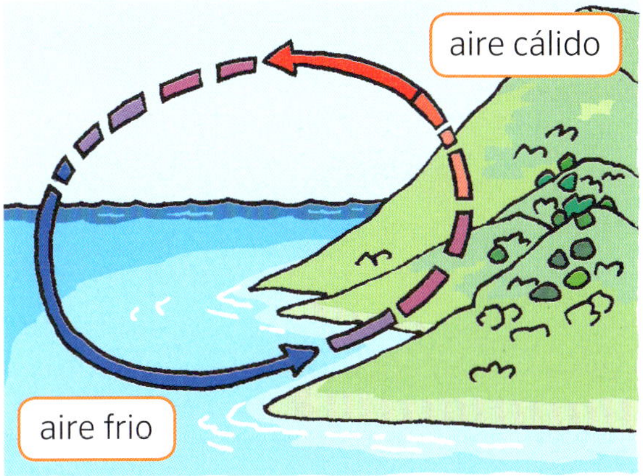

1. ¿Dónde será más frío el aire, en las montañas o a nivel del mar? ¿Cuál pesará más?
2. ¿Cómo es el movimiento del viento cuando hay brisa, suave o fuerte? ¿Cómo se produce?
3. ¿Cuál es el instrumento que mide la fuerza del viento? ¿Qué profesionales lo miden?
4. Observa estos instrumentos. ¿Para qué utilizan la fuerza del viento?

a 

b 

c 

d 

¡Minerales por todas partes!

Desde que nos levantamos por la mañana, las personas estamos rodeadas de objetos hechos con minerales: el reloj que nos despierta, el lavabo en el que nos aseamos, el autobús en el que vamos al colegio, el vaso en el que bebemos o la cama en la que nos acostamos para dormir.

1. Observa estos objetos y relaciónalos con el mineral que los compone.

a 

b 

yeso

cuarzo

2. ¿Cuál de los dos tiene mayor dureza? ¿Según qué otros criterios los podrías clasificar? Descríbelos en tu cuaderno.

El campo, nuestro gran supermercado

PROYECTO TRIMESTRAL
Descubrimos la naturaleza

Al gusto de nuestras plantas

El clima influye mucho en la vida de las personas, pero también de otros seres vivos como las plantas. Los tipos de cultivo que se desarrollan en cada zona dependen, en gran medida, del agua y las temperaturas.

1. **Lee las características de los siguientes cultivos.**

Para el cultivo del plátano es necesaria una temperatura aproximada de 20 °C.

El cultivo de maíz necesita mucha agua y temperaturas suaves.

El trigo necesita poca agua para su crecimiento y soporta temperaturas extremas.

El naranjo no crece con temperaturas extremas y necesita humedad, aunque no mucha.

2. **Escribe en tu cuaderno el tipo de clima de España donde mejor crecería cada uno de estos cultivos. Explica por qué.**

3 Copia el mapa de los climas en tu cuaderno. Dibuja en la zona que corresponda un símbolo que represente cada uno de los cultivos analizados. Puedes fijarte en el mapa de tu *Atlas*.

4 Sitúa en el mapa que has dibujado el lugar en el que resides. Investiga los cultivos que se desarrollan en tu comunidad y recoge la información en una ficha como esta.

Vivo en: ...

El clima de mi provincia es: ...

Los principales cultivos son: ...

5 ¿Qué catástrofes meteorológicas conoces que puedan afectar a los cultivos? Coméntalo con tus compañeros y elaborad una lista con los posibles riesgos y sus consecuencias.

3 Relieve, ríos y paisajes de España

Un mundo bajo tus pies

Realmente todo lo que hay sobre la tierra lo podemos encontrar también bajo los suelos: hay selvas, praderas, ríos, migraciones, bosques, grandes concentraciones de animales…

En una cucharadita de café de un suelo muy fértil podemos encontrar millones de seres vivos: pueden cohabitar diferentes virus, bacterias, algas y hongos hasta llegar a alcanzar en cifras dos o tres veces el equivalente a la humanidad, es decir, unos 12.000 o 18.000 millones de seres.

JOAQUÍN ARAÚJO: *Las raíces de la Tierra*, Editorial Lunwerg (adaptado)

Hablamos

1. ¿Qué te ha llamado más la atención en el texto de Joaquín Araújo sobre el suelo?
2. La idea principal del texto aparece en esta ilustración. ¿Cuál es esa idea? ¿Qué seres vivos eres capaz de identificar en ella?

3. Observa el paisaje que aparece en la imagen de la derecha. ¿Cómo se habrá formado? ¿Qué elementos del relieve distingues?

¡Qué importante es... frenar la contaminación!

El suelo es la base en la que se desarrolla toda forma de vida, especialmente la vegetal. De ahí su gran importancia para el ser humano y para la mayoría de los seres vivos.

Tarea final

Realizamos una guía sobre espacios naturales que ofrezca información y a la vez conciencie a los visitantes, para evitar que produzcan daños en el paisaje.

1 El relieve de España

¿Sabes que, en una etapa de la Vuelta Ciclista a España, un corredor puede comenzar pedaleando al nivel del mar, después subir un puerto de montaña y acabar bajando hasta un valle entre paredes altísimas? ¡Todo en un solo día!

Esto se debe a la gran variedad del relieve español.

¿Cómo es nuestro relieve?

El **relieve** es la forma de la superficie terrestre en la actualidad. Desde hace millones de años, muchas fuerzas han actuado sobre el relieve de la Tierra, creando distintos elementos.

Los mapas nos ayudan a entender la situación de las principales **unidades del relieve** y localizarlas en España:

smSaviadigital.com PRACTICA Identifica el **relieve** de la península Ibérica.

UNIDADES DEL RELIEVE ESPAÑOL

- La **Meseta Central** es una **gran llanura elevada** que ocupa todo el centro de la península Ibérica.
- Las montañas del **Sistema Central** dividen la Meseta en dos partes: la **submeseta norte** y la **submeseta sur**. Además, otras montañas, como los **Montes de Toledo**, también se encuentran en la Meseta.
- Otras **montañas rodean la Meseta**, como el **Sistema Ibérico**, **Sierra Morena** y la **cordillera Cantábrica**.

- También hay **cordilleras exteriores a la Meseta**, como los **Pirineos** y los **Sistemas Béticos**.

- Las **depresiones** son zonas bajas que se localizan entre las montañas que rodean a la Meseta y las cordilleras exteriores. Están atravesadas por grandes ríos, como el **Ebro** y el **Guadalquivir**.

- El relieve español incluye dos **archipiélagos**:
  - Las **islas Baleares**, en el mar Mediterráneo, que en su mayor parte pertenecen al relieve de los Sistemas Béticos.
  - Las **islas Canarias**, en el océano Atlántico, son de origen volcánico. En ellas se encuentra el **pico más alto** de España, el **Teide**.

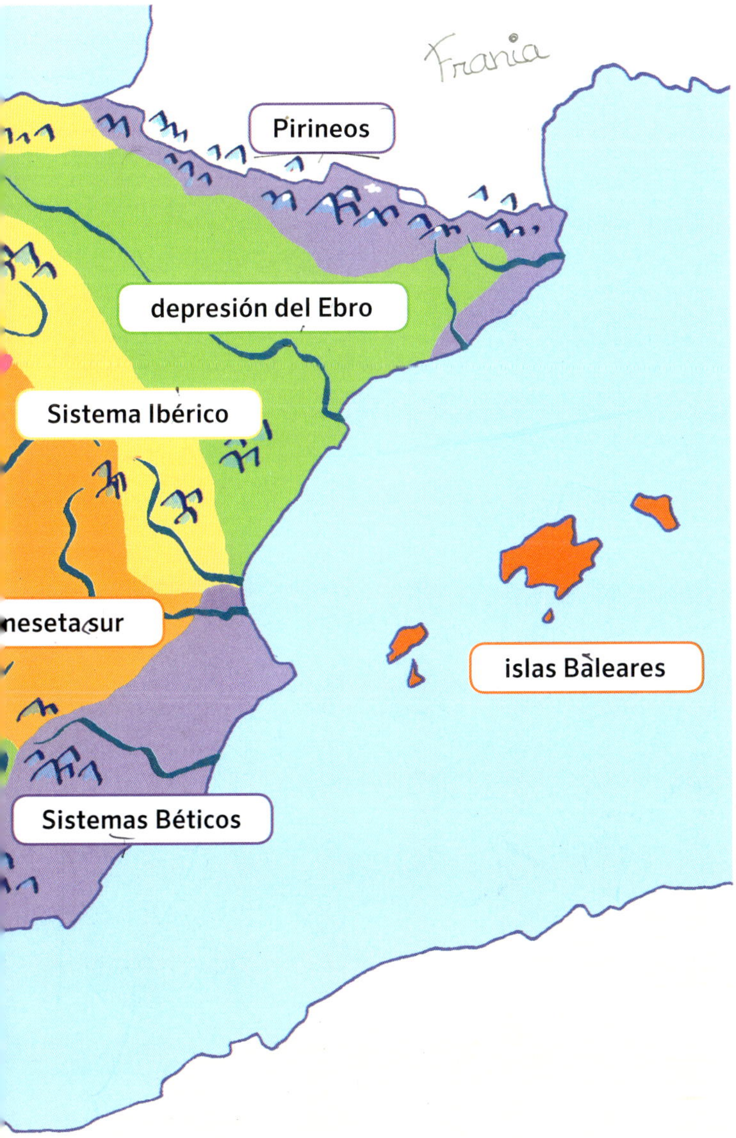

- El **relieve** peninsular está formado por la **Meseta Central**, los **sistemas montañosos que la rodean**, las **cordilleras exteriores** y las **depresiones**.
- Las **islas Baleares** se sitúan en el mar Mediterráneo, y las **islas Canarias** están en el océano Atlántico.

Actividades

1. Copia y completa la tabla.

Cordillera	Rodea la Meseta o exterior a la Meseta
Cordillera Cantábrica	●●●
Pirineos	●●●
Sistema Ibérico	●●●
Sistemas Béticos	●●●

2. ¿Qué gran llanura elevada queda dividida en dos por el Sistema Central? ¿En qué dos partes queda dividida?

3. Define depresión y anota estos datos en tu cuaderno.
   a) ¿Cuáles son las grandes depresiones de la península Ibérica?
   b) ¿Entre qué unidades del relieve se hallan?

4. ¿En qué océanos o mares se encuentran los dos archipiélagos españoles?

5. Escribe en tu cuaderno, con la ayuda del mapa del relieve de tu Atlas, el nombre de los picos más altos de cada una de las unidades del relieve.

Usa todos tus recursos

6. Busca la altitud de estas unidades del relieve y ordénalas de menor a mayor.

Pirineos | Meseta Central | depresión del Guadalquivir

2 Los ríos de España

En España hay ríos tranquilos y apacibles que recorren largas distancias, y otros con recorridos más cortos en los que es casi imposible meter un pie sin que nos arrastre la corriente. ¿A qué se debe tanta diferencia?

De la montaña al mar

Los **ríos** españoles son muy **diferentes** entre sí, en función del **relieve** o el **clima**. En las zonas donde llueve más, por ejemplo, los ríos tienen más **caudal**, es decir, llevan más agua.

Según el mar u océano en el que desembocan, los ríos pueden agruparse en tres **vertientes**: atlántica, cantábrica y mediterránea.

Los ríos de una misma vertiente tienen características similares.

Otros ríos y afluentes

1 Tambre, 2 Ulla, 3 Sil, 4 Esla, 5 Pisuerga, 6 Tormes, 7 Adaja, 8 Eresma, 9 Alberche, 10 Jarama, 11 Tajuña, 12 Zújar, 13 Jabalón, 14 Záncara, 15 Odiel, 16 Tinto, 17 Guadalete, 18 Genil, 19 Jándula

1 Narcea, 2 Bidasoa

1 Arga, 2 Aragón, 3 Gállego, 4 Cinca, 5 Noguera Ribagorzana, 6 Segre, 7 Huerva, 8 Guadalope, 9 Mijares, 10 Turia, 11 Cabriel, 12 Guadalentín, 13 Almanzora

LOS RÍOS ESPAÑOLES Y SUS VERTIENTES

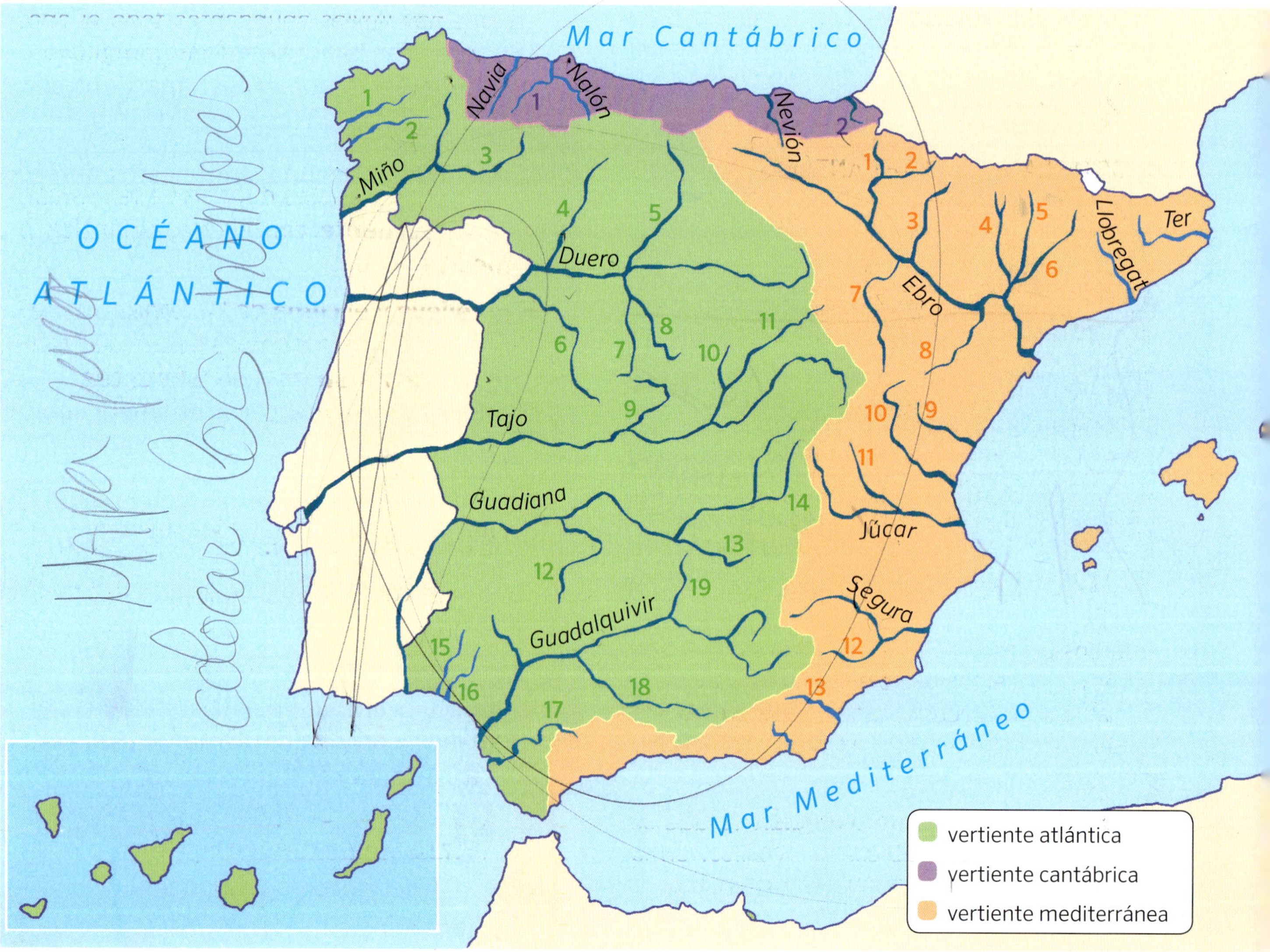

RÍOS DE LA VERTIENTE MEDITERRÁNEA

Por lo general son ríos **cortos**, ya que la mayoría nacen en montañas próximas al mar Mediterráneo.

Además, tienen **poco caudal** y este es **irregular**, es decir, varía mucho según la época del año. Algunos llegan a secarse durante el verano.

Los ríos **Ter**, **Llobregat**, **Turia**, **Júcar**, **Segura** y **Almanzora** desembocan en el Mediterráneo. El **Ebro** es la excepción de esta vertiente, pues es el río de mayor longitud y caudal del territorio español.

RÍOS DE LA VERTIENTE ATLÁNTICA

Los ríos de esta vertiente son muy **diferentes** entre sí:

- Los ríos que atraviesan la **Meseta**, como el **Duero**, el **Tajo** o el **Guadiana**, son muy **largos** y **caudalosos**. Su caudal es **irregular**, pues decrece mucho en verano. Lo mismo sucede con el río **Guadalquivir**.
- Los ríos atlánticos del **noroeste de la Península** se sitúan en una zona de clima oceánico, donde hay lluvias abundantes todo el año. Por eso su **caudal** es **abundante** y **regular**.

RÍOS DE LA VERTIENTE CANTÁBRICA

Los ríos de esta vertiente son **cortos** y **caudalosos**, como el **Narcea** o el **Nervión**. Esto suele ser así porque recorren una pequeña distancia entre las montañas donde nacen y el mar donde desembocan.

Su **caudal** es **abundante** y **regular**, ya que se sitúan en una zona de clima oceánico, en la que las lluvias son abundantes todo el año.

- Los **ríos españoles** pueden desembocar en la **vertiente cantábrica**, **atlántica** o **mediterránea**.
- El **relieve** y el **clima** de las zonas que recorren los ríos españoles hacen que tengan **características** muy diferentes.

Actividades

7 Explica qué es la vertiente de un río.

8 ¿A qué vertientes pertenecen estos ríos?

- Duero
- Narcea
- Ebro
- Miño

Usa todos tus recursos

9 smSaviadigital.com
PRACTICA Comprueba si conoces los **ríos y afluentes** de España.

3 La formación de los paisajes

Si queremos observar los elementos del relieve en una fotografía, vemos que suelen estar cubiertos de vegetación. ¿Cómo han surgido los bosques frondosos del norte de la península Ibérica? ¿Y los paisajes áridos de las costas del Mediterráneo?

Vida sobre la roca

En España existe una gran variedad de **paisajes** cuya formación depende de la roca, el relieve, el clima, el agua y los seres vivos.

El proceso comienza cuando el agua y el aire erosionan la roca, penetran en sus poros y la rompen. La roca fragmentada forma un **suelo** en el que se desarrollan miles de seres vivos.

Esos seres vivos se descomponen al morir y forman una sustancia muy fértil llamada **humus** que permite que crezca más vegetación.

Con el paso del tiempo, este proceso da lugar a ricos paisajes.

Por el contrario, si la roca es demasiado dura o hay poca agua, el proceso es más lento y no llega a formarse un suelo maduro.

LA FORMACIÓN DEL SUELO

Suelo primitivo. Al principio casi todo es roca, pero la erosión la va fragmentando. En su superficie se deposita agua y surgen pequeños seres vivos.

Suelo joven. Al cabo de cientos de años, la roca se reduce, y el agua, el aire y los seres vivos permiten que crezcan hierbas y matorrales.

Suelo maduro. Al cabo de miles de años, el suelo adquiere mayor grosor y la roca se reduce. Así, la tierra cada vez es más rica en humus y vegetación.

Taller de Geografía

¿Qué tipo de suelo es?

El suelo es vital para las personas, pues además de influir en el relieve, determina nuestros cultivos: cuanta más agua y materia orgánica tenga el suelo, más ricos serán los cultivos.

Los **suelos fértiles** tienen mucho humus y agua. Crecen pastos y se cultivan frutales y hortalizas.

En los **suelos pobres** el agua escasea. Se cultivan plantas resistentes, como cereales y olivos.

Los **suelos áridos** son muy secos y pobres. En ellos solo sobreviven matorrales y plantas como el cactus.

Paso 1
Mete un puñado de tierra en un frasco y echa agua hasta la mitad.

Paso 2
Observa cómo los restos de rocas se depositan en el fondo y el humus flota en la superficie.

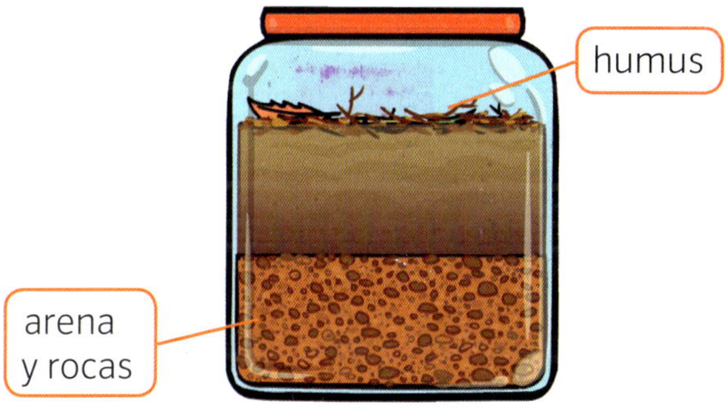

10. ¿Qué capa de las que se han formado es más gruesa? ¿Qué tipo de suelo será entonces?

- El **suelo** es la capa superficial de la corteza terrestre.
- Con el paso del tiempo, el suelo **primitivo** va cambiando sus características y se convierte en un suelo **maduro**.
- Existen tres tipos de suelo: **fértiles, pobres y áridos**.

Actividades

11. ¿Qué elementos definen los paisajes?
12. Di qué es el suelo y explica brevemente cómo se forma.
13. Anota las diferencias entre suelo fértil, pobre y árido. ¿Cómo es el suelo del campo en el lugar donde vives?

Usa todos tus recursos

14. En un incendio forestal, las plantas del suelo desaparecen. ¿Qué tipo de suelo queda en esa zona? Debatidlo en clase.
15. sm**Savia**digital.com
JUEGA Y APRENDE Observa los **tipos de suelo** según el paso del tiempo.

4 Los paisajes de España

¿Crecen cactus en España? ¿Y palmeras? ¿Y abetos?

En nuestro país crecen esas y otras muchas especies vegetales y, junto a ellas, vive una fauna muy variada. Por esa razón, una extensa red de **parques protegidos** lucha por la conservación de los espacios naturales.

Los paisajes a nuestro alrededor

Sin ser uno de los países más grandes del mundo, España cuenta con una **gran variedad de paisajes**: de montaña, bosques frondosos, costas cálidas, humedales e incluso desiertos.

Todos ellos pueden agruparse en **cuatro grandes grupos**: paisaje mediterráneo, atlántico, de montaña y canario.

TIPOS DE PAISAJES ESPAÑOLES

PAISAJE MEDITERRÁNEO

Se da en áreas de **clima mediterráneo**. La vegetación está formada por árboles de **hoja perenne**, como la encina, el alcornoque y el pino. También hay zonas de **matorral**, con arbustos como el tomillo, la jara o el brezo.

En las **zonas más áridas** del **litoral** mediterráneo, el paisaje más común es la **estepa**. Las plantas que crecen en ella, como el esparto o el palmito, no necesitan mucha agua.

PAISAJE ATLÁNTICO

Este paisaje es propio de las zonas de **clima oceánico**. Hay bosques con árboles de hoja **caduca** y **praderas** siempre verdes.

Las especies vegetales más comunes son el haya, el roble y el castaño, que necesitan **temperaturas suaves** y una **humedad elevada**.

El ser humano ha introducido en este paisaje otras especies, como el pino y el eucalipto.

- La **diversidad de paisajes** que hay en nuestro país se debe al **relieve** y al **clima**.
- Los **paisajes** más característicos de España son el **mediterráneo**, el **atlántico**, el de **montaña** y el **canario**.

sm**Savia**digital.com
COMPRENDE Cada paisaje, un **ecosistema**.

Actividades

16 Corrige los errores de las oraciones en tu cuaderno.

a) Los árboles característicos del paisaje atlántico son la encina y el alcornoque.

b) En zonas áridas mediterráneas la vegetación se adapta al exceso de humedad.

c) El haya, el roble y el castaño crecen en los terrenos más secos del interior.

17 ¿Qué relación tienen el clima y el relieve con el paisaje? Coméntalo con tu compañero y explícalo en tu cuaderno.

Usa todos tus recursos

18 sm**Savia**digital.com
JUEGA Y APRENDE Observa y detecta el **paisaje** intruso.

PAISAJE DE MONTAÑA

En las montañas la **vegetación** varía dependiendo de la **orientación** y de la **altitud**, pues unas especies se adaptan mejor que otras al frío y a la falta de oxígeno de las zonas más elevadas.

A medida que subimos una montaña, podemos pasar de un **bosque** de árboles de **hoja caduca** como el haya a otro bosque de **coníferas** como los pinos. A una mayor altitud, aparecen zonas de **matorral** y de **praderas**.

PAISAJE CANARIO

Es propio del **clima subtropical**. La vegetación varía en cada isla según la altitud y la orientación.

En las islas del este y en el sur de Tenerife y de Gran Canaria, los **terrenos** son **áridos**, con especies adaptadas a la falta de agua, como los cactus.

También existen zonas muy húmedas, donde se desarrollan bosques frondosos, llamados **laurisilva**. En las zonas más elevadas hay, además, bosques de pino canario.

5 La conservación del medioambiente

¿A quién no le gusta ver paisajes con agua limpia, plantas sanas y aire puro que respirar? Los avances que disfrutamos en nuestra sociedad se deben gracias al ingenio de las personas pero también a los recursos que ofrece la naturaleza. Si los echamos a perder, corremos un gran peligro.

Los recursos naturales, bienes escasos

La naturaleza nos proporciona recursos que resultan imprescindibles para la vida en nuestro planeta. Estos **recursos naturales** pueden ser renovables y no renovables.

RECURSOS NATURALES

No renovables: pueden agotarse.

Renovables: son inagotables, aunque hay que usarlos con cuidado.

¿Qué causa los problemas ambientales?

Una de las principales causas de los problemas en los paisajes y en el medioambiente es que nos hemos habituado a hacer un **consumo inadecuado de recursos**.

Las **fábricas** y las **grandes ciudades** necesitan eliminar los residuos que generan. Esto causa la **contaminación** de los **ríos** y **mares**, y del **agua** del subsuelo.

Conseguir terrenos para construir y cultivar provoca la **tala de bosques**. También los **incendios** causan la pérdida de vegetación. Se inicia así el proceso de **desertización**.

La **basura** de casas y fábricas supone la **acumulación de residuos**. Deshacerse de todos esos desechos se ha convertido en un gran problema para nuestra sociedad.

Los humos de los **vehículos** y las **calefacciones** **contaminan la atmósfera**. Además, el petróleo y el carbón que los hace funcionar podrían **agotarse** si los consumimos en exceso.

La mejor alternativa: el consumo responsable

De ahora en adelante, cuando compres algo o consumas un servicio, deberías reflexionar y preguntarte si estás haciendo un **consumo responsable** de los recursos de los que dispones, y optar por aquellas **opciones** que mejor contribuyan a la **conservación del medioambiente**.

Observa y comprende — Consejos para un consumo responsable

Si puedes, busca productos que al usarlos contaminen poco o dañen el medioambiente lo menos posible.

Intenta que lo que compres no tenga muchos envoltorios, que luego tendrás que tirar.

Si es posible, no utilices productos de usar y tirar. Aumentan los desechos de residuos sólidos.

A veces algunos productos se pueden reutilizar o bien reciclar el material con el que están hechos.

Cuando gastes energía utiliza solo la necesaria aunque puedas pagarla.

Infórmate sobre lo que compras: quién lo fabrica, dónde, con qué materiales...

- El **mal uso** de los **recursos naturales** causa **problemas** en nuestros paisajes y en el **medioambiente**.
- El **consumo responsable** mejora la relación de las personas con su entorno.

smSaviadigital.com
PRÁCTICA ¡Pon en marcha una cooperativa de **consumo responsable**!

Actividades

19 Copia las columnas y relaciónalas en tu cuaderno.

Tala de bosques •	• Acumulación de residuos
Calefacción •	• Desertización
Basuras •	• Contaminación atmosférica

Usa todos tus recursos

20 Explica en tu cuaderno el significado de esta oración:
- La acción de las personas puede causar daños sobre la naturaleza.

21 Por parejas, elaborad una lista con ejemplos de consumo responsable.

Organiza tus ideas

El relieve

- Meseta y Sistema •••
- Montañas que rodean la •••
- Cordilleras exteriores
- •••

El clima

El agua

- Ríos de la vertiente atlántica
- ••• de la vertiente cantábrica
- Ríos de la vertiente •••

- paisaje •••
- paisaje atlántico
- paisaje canario
- paisaje de •••

Trabaja con el esquema

22 Copia el esquema en tu cuaderno y complétalo.

23 Sitúa estas unidades del relieve en el lugar adecuado de tu esquema.

Sistema Ibérico | Sierra Morena | Pirineos | depresión del Ebro | depresión del Guadalquivir | Sistemas Béticos | cordillera Cantábrica

24 ¿Por qué aparece el clima en este esquema? Explícalo en tu cuaderno.

25 Copia y completa esta tabla con las características de cada tipo de paisaje.

Paisaje mediterráneo	Paisaje atlántico	Paisaje de montaña	Paisaje canario
•••	•••	•••	•••

26 Desarrolla un esquema sobre la conservación del medioambiente. Incluye las respuestas a estas cuestiones:

a) ¿Cómo son los recursos naturales?

b) ¿Cuál es la causa de los problemas ambientales?

c) ¿Qué problemas afectan a los paisajes?

Repasa la unidad

27 ¿Qué tipo de suelo representa esta fotografía? ¿Por qué lo crees?

28 ¿Qué es el humus? ¿En qué tipos de suelo es más habitual encontrarlo?

29 Copia el mapa en tu cuaderno y cita las unidades del relieve numeradas.

30 Completa esta tabla en tu cuaderno con las unidades del relieve.

Montañas que rodean la Meseta Central	Cordilleras exteriores a la Meseta Central
●●●	●●●

31 Indica cuál de estas afirmaciones es correcta y explica por qué en tu cuaderno.

A. Los ríos españoles tienen unas características muy parecidas entre sí.

B. Los ríos españoles son muy diferentes entre sí.

32 ¿A qué vertiente pertenecen estos ríos? Relaciónalos en tu cuaderno.

Segura •	• Vertiente atlántica
Nalón •	• Vertiente mediterránea
Ebro •	• Vertiente cantábrica

33 ¿Qué son las cuencas hidrográficas? Consúltalo en la página 136 de tu libro para responder.

34 Busca una fotografía de algún paisaje natural cercano al lugar donde vives. Pégala en tu cuaderno y descríbela. ¿A qué tipo de paisaje español crees que pertenece?

35 Observa la fotografía y contesta en tu cuaderno a las siguientes preguntas.

a) ¿Cuáles son las causas y consecuencias de los incendios? Enuméralas.

b) Investiga si se ha producido algún incendio reciente cerca de tu localidad y busca información sobre lo ocurrido.

smSaviadigital.com

VALORA LO APRENDIDO Comprueba lo que sabes en la **autoevaluación**.

Ponte a prueba

Una excursión a la dehesa

Laura y sus compañeros de 4.º de Primaria van de excursión a un lugar cerca de Trujillo, en Extremadura.

En esa zona abundan las dehesas. Son bosques claros poblados por árboles, sobre todo, encinas y alcornoques, y matorrales. Entre los bosques se extienden pastos, que sirven de alimento para el abundante ganado que se cría allí.

1. ¿A qué tipo de paisaje dirías que pertenecen las dehesas? Explica por qué en tu cuaderno.
2. ¿Qué fruto se obtiene de las encinas? ¿Y qué se obtiene del tronco de los alcornoques? Si no lo sabes con seguridad, busca la información y compártela con tus compañeros.
3. Infórmate sobre otros lugares de España en los que existen dehesas.

Tarea final Su destino en nuestras manos

Ahora que conoces la gran variedad de paisajes españoles y la riqueza medioambiental con la que contamos, podrás entender por qué es tan importante proteger los paisajes.

¿Qué podemos hacer para ello? ¿Y si preparamos una guía para orientar a los visitantes que quieran conocer estos paisajes? ¡Sería una idea genial!

PASO 1 Dividid la clase en cuatro grupos, uno por cada tipo de paisaje español.

PASO 2 Preparad una guía con textos e imágenes que incluya los siguientes datos.

- Espacio natural
- Clima
- Ríos
- Vegetación
- Fauna

PASO 3 Escenificad una visita a cada paisaje. El grupo que lo haya trabajado hará de guía y explicará los datos más importantes. El resto serán los visitantes.

smSaviadigital.com

VALORA LO APRENDIDO ¿Cómo has trabajado en esta **tarea**?

¡Menudo río!

Este río mide 2.700 metros de longitud, pero... ¡bajo tierra!

Se trata del río San José, el río subterráneo más largo de Europa. Está en la provincia de Castellón y puede visitarse haciendo un recorrido en barca.

Los ríos que cruzan la provincia de Castellón, ¿de qué vertiente son?

El Oeste americano, ¿cerca de casa?

En la península Ibérica tenemos un paisaje desértico tan impresionante que hasta se rodaron en él algunas películas del Oeste. Se trata del desierto de Tabernas, en Almería, y es la única zona típicamente desértica de toda Europa.

¿Qué paisaje podrías encontrar en los Sistemas Béticos?

¿Islas de plástico?

Nuestros océanos presentan en la actualidad un nuevo problema. Las corrientes marinas arrastran los plásticos que las personas desechamos hasta formar verdaderas islas de plástico. El problema es que tiramos tantos objetos de plástico que ya hay varias islas flotantes por todo el mundo.

¿De dónde proceden esos plásticos?

Miles de espejos mirando al Sol

Los científicos no dejan de pensar en nuevas formas de generar energía cada vez menos contaminante. Y las centrales solares de torre central son ejemplo de ello.

En ellas, miles de espejos dirigen la luz del Sol hasta un punto en el que se concentra todo el calor. Esa energía calorífica es la que produce la energía eléctrica. Una sola de estas centrales puede abastecer de electricidad a miles de casas sin verter a la atmósfera gases contaminantes.

¿Crees que este tipo de energía es renovable? ¿Por qué?

Wall-e

La Tierra se ha convertido en un lugar inhabitable. En ella solo sobrevive Wall-e, un robot cuya misión es seleccionar y acumular todos los residuos sólidos que han quedado en el planeta.

4 España y sus habitantes

Muchas personas y una sola familia

Cuando un montón de personas se queda en silencio y con la vista clavada en ti, no sabes dónde meterte. Sobre todo si acabas de decir a voz en grito una barbaridad. Y ya es malo si son tres o cuatro personas, pero si son diecinueve como es mi caso, es para que te dé un patatús. Sí, es que en esta casa hay nada menos que diecinueve personas pasando el verano. Bueno, veinte contándome a mí. ¡Está completamente abarrotada!

TERESA BROSETA: *¡Hermanos hasta en la sopa!* Ediciones SM

Hablamos

1. La protagonista de esta historia se llama Carlota. ¿Con cuántas personas está viviendo ahora mismo? ¿Cómo es la casa? ¿Se parece a la tuya?

2. ¿Cómo será la convivencia en la casa de verano de Carlota? ¿Qué normas crees que harán falta?

3. En la escuela, el trabajo o el barrio, convivimos con mucha gente.
   a) ¿Cuántas personas viven en tu localidad? ¿Cómo podrías calcular la población de un lugar?
   b) ¿Qué normas de tu localidad conoces?
   c) Hay algunas normas que tenemos que cumplir todos los españoles. ¿Qué crees que regularán?

¡Qué importante es... organizar la convivencia!

Nuestro país es una democracia y está formado por varios territorios. Para que no surjan problemas, es muy importante estar bien organizados.

Tarea final

Las empresas modernas tienen en cuenta valores sociales como la igualdad, la justicia o el respeto al medioambiente. ¡Conviértete en empresario y crea tu propio negocio!

1 España es una democracia

En los deportes se establecen normas e instrucciones. En caso contrario, no podríamos sancionar las faltas, saber quién gana, etc. Nuestro país también necesita instrucciones y normas para funcionar.

¿Qué es una democracia?

La **democracia** es una forma de gobierno en la que los ciudadanos eligen a sus representantes para dirigir el país.

- En la democracia los **mayores de 18 años** eligen al partido político que quieren que les represente. Para eso escuchan las ideas de los partidos y después **votan**.

- Las personas elegidas representan a los votantes en el **parlamento**, que es una asamblea en la que se expresa la **voluntad del pueblo**. Esta voluntad se transforma en **leyes**.

España es una democracia y por eso, cuenta con **leyes y normas justas** que todos debemos respetar. Los **valores** de nuestras leyes son la **libertad**, la **justicia** y la **igualdad**.

La Constitución

La **ley más importante** de España es la **Constitución**. Esta norma **se aprobó en 1978** y en ella aparecen:

- Los **derechos** de todos los españoles, como el derecho al trabajo, la educación, la salud y la igualdad.
- Nuestros **deberes**, como el respeto a las leyes, el pago de los impuestos y la protección del medioambiente.
- El funcionamiento del **Gobierno** de España.
- La **organización del territorio**.

¿Sabías que...?

La Constitución también defiende los derechos de los niños y de los jóvenes en muchos de sus artículos.

Los derechos más importantes de un niño son la atención de los padres, la libertad religiosa, la educación, etc.

- ¿Cuáles son tus deberes como niño?

España es una monarquía parlamentaria

España es una **monarquía**. En ella el **rey** es el **jefe de Estado**, que debe representar a los españoles y defender la Constitución. Además, es **parlamentaria** porque el rey no es quien hace las leyes ni gobierna:

- Las leyes se elaboran en el **parlamento español** formado por dos asambleas, a las que llamamos **Cortes Generales**.
- Las Cortes eligen un **Gobierno** que pone en práctica las leyes.
- Los **tribunales de justicia** vigilan que las leyes se cumplan.

Felipe VI es el rey de España.

- En las **Cortes** se reúnen los diputados y senadores de los partidos políticos, elegidos por los ciudadanos para **proponer y aprobar las leyes**.

- Las Cortes eligen un **Gobierno**, que está formado por el presidente del Gobierno y los ministros para que **hagan funcionar** las leyes.

- Los **jueces** y otras personas expertas trabajan en los tribunales de justicia. Ellos vigilan y hacen que se **cumplan y respeten** las leyes.

▶ España es una democracia organizada como **monarquía parlamentaria.** Su ley más importante es la **Constitución**.

▶ El **rey** es el jefe de Estado, las **Cortes Generales** elaboran las leyes y los **tribunales de justicia** hacen que se respeten.

Actividades

1. Copia la opción correcta de cada frase.
   a) La Constitución es la [asamblea/ley] más importante de España.
   b) En la Constitución se establecen los [derechos/valores] de los españoles.
   c) El rey [representa/gobierna] a los españoles y es el jefe de Estado.
2. Explica qué es la monarquía parlamentaria. Conoce otras formas de gobierno en la página 138.

Usa todos tus recursos

3. ¿Quiénes se encargan de estas tareas?
   elaborar las leyes | explicar las leyes | juzgar si se cumplen las leyes
4. Busca en la Constitución de 1978 dos derechos y dos deberes de los españoles.
5. smSaviadigital.com
   JUEGA Y APRENDE Adivina qué nombre reciben también las **Cortes Generales**.

2 ¿Cómo se organiza el territorio?

Un colegio cuenta con un director, coordinadores, profesores, etc. ¿Te imaginas que nadie organizase un horario y todos usásemos el gimnasio a la vez? ¡Sería imposible!

De la misma forma, España está dividida en territorios que necesitan organizarse de alguna manera. ¿Se te ocurre qué podrías hacer para organizar esos territorios?

Mi municipio

Nuestra localidad se encuentra en un **municipio** donde se organizan los asuntos y los servicios municipales. Los **municipios** son la menor división territorial de España, y están formados por un **territorio** municipal y por su **población**.

El **ayuntamiento** es quien se encarga de gobernar el municipio y se ocupa de la limpieza de las calles, del alumbrado, etc. El gobierno de los ayuntamientos se elige por **votación** de los ciudadanos del municipio.

Mi comunidad autónoma

Varios municipios forman una **provincia**, que está gobernada por una diputación provincial. A su vez, una o varias provincias forman una **comunidad autónoma**.

Cada comunidad tiene un **gobierno propio** que se ocupa de cuestiones como la vivienda, la sanidad, la educación o la economía en todas sus provincias.

smSaviadigital.com
COMPRENDE Observa en este ejemplo la **organización del territorio**: el municipio, la provincia y la comunidad.

Observa y aprende La organización del territorio español

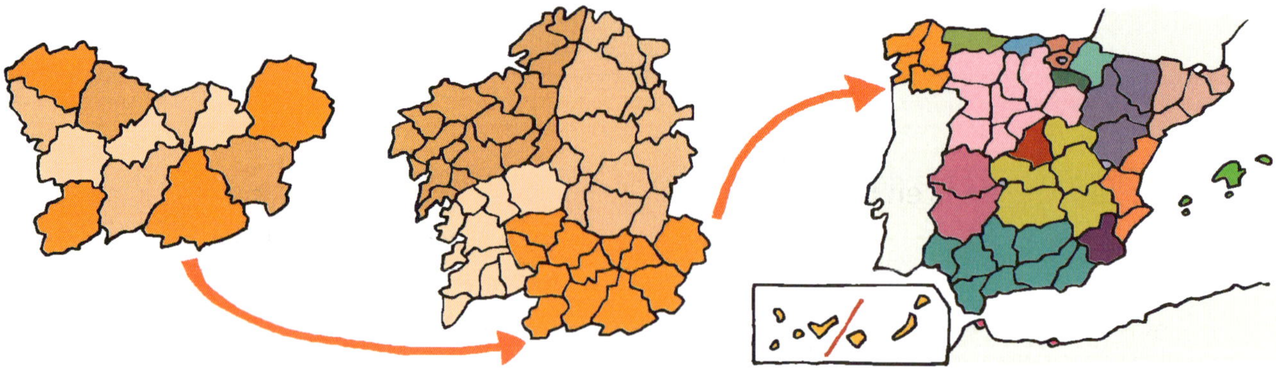

PROVINCIA
Es la agrupación de varios municipios. Su órgano de gobierno es la **diputación provincial**.

COMUNIDAD AUTÓNOMA
Las **comunidades autónomas** tienen gobierno y parlamento propios para aprobar leyes en su territorio.

ESPAÑA
Forma parte de la **Unión Europea** y comparte con otros europeos la moneda, las normas y las instituciones.

EL MUNICIPIO: UN GOBIERNO EN PEQUEÑO TAMAÑO

- Los ciudadanos mayores de edad que viven en el municipio **votan** para elegir a sus **concejales**.

Para ello, los partidos políticos presentan a sus candidatos y un programa de gobierno.

- Los concejales funcionan como representantes del pueblo y, entre todos, eligen a uno de ellos como **alcalde**.

El alcalde y los concejales se reúnen en asambleas llamadas **plenos** municipales y deciden qué hay que hacer.

- El ayuntamiento organiza los **servicios municipales básicos** para la población.

Esos servicios son la protección ciudadana, la limpieza, la atención de ancianos, el transporte y la cultura y el deporte.

- La división del territorio español de menor tamaño es el **municipio**. Varios municipios forman **provincias**.
- Una o varias provincias forman una **comunidad autónoma**. España está compuesta por diecisiete comunidades.
- España forma parte de la **Unión Europea**.

¿Sabías que...?

Los lugares donde se colocan las urnas para ir a votar son centros escolares. Son los colegios electorales.

- ¿Sabes si es el caso de tu colegio?

Actividades

6 Relaciona las columnas en tu cuaderno.

municipio	diputación
provincia	Gobierno de España
comunidad autónoma	ayuntamiento
país	gobierno autonómico

7 ¿Quién se encarga de organizar los servicios municipales para la población?

Usa todos tus recursos

8 Busca en el *Atlas* el mapa político de España y señala en qué provincia vives. ¿Es una provincia costera o interior?

9 Busca en tu *Atlas* el mapa de la UE y haz una lista con los 28 países y sus capitales.

10 sm**Savia**digital.com
PRACTICA Localiza las comunidades autónomas en el **mapa político interactivo** de España.

3 Los habitantes de España

Cuando caminas por la calle, ves que hay muchas personas. ¿Quiénes son? ¿Se encarga alguien de saber quién vive en tu localidad?

Estudiar la población

La **población** es el conjunto de las personas que viven en el mismo territorio. El estudio de la población se llama **demografía** y recoge datos mediante:

- El **censo**, que registra cuántas personas viven en España, su edad, sexo y origen. Se hace cada diez años.
- El **padrón**, que registra los nacimientos y las muertes en la población de un municipio. Se calcula cada año.

¿Cómo es la población española?

En España vivimos más de 46 millones de **habitantes**. Este número cambia según los nacimientos, las muertes y las **migraciones**, que son los traslados de personas de un país a otro.

En España hay pocos **nacimientos** y la gente vive cada vez **más años.** Además, hasta hace unos años llegaban muchas personas de otros países para trabajar en España, pero ahora muchos jóvenes **emigran** a Europa.

LOS CAMBIOS EN LA POBLACIÓN

La **natalidad** es el número de nacimientos.

La **mortalidad** es el número de fallecimientos.

Los **inmigrantes** son las personas que vienen a residir a un lugar.

Los **emigrantes** son las personas que se van a otro lugar a vivir.

Taller de Geografía

Interpretamos la pirámide de población de España

Los datos de población se pueden representar en las pirámides de población. Se trata de un gráfico que muestra cómo es la población de un lugar, organizada por grupos de edad y sexo.

Grupos de edad

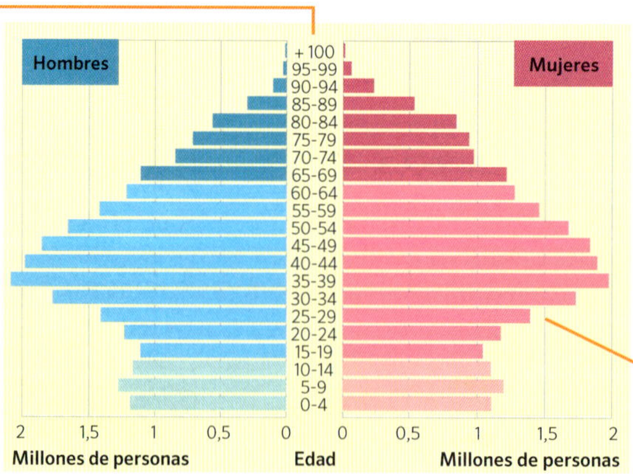

En España aumentan los grupos de edad, pues las personas cada vez viven más años.

Si la base de la pirámide es estrecha, significa que hay pocos nacimientos. En España nacen pocos niños.

Cantidad de personas por cada grupo de edad

8 ¿En qué grupo de edad te encuentras tú? ¿Cómo es la base de esta pirámide? ¿Por qué?

La densidad de población

En todo el mundo hay lugares donde viven muchas personas y otros que están casi despoblados. Esta relación entre la cantidad de personas que viven en un lugar y el tamaño de ese territorio es la **densidad de población**.

Las personas eligen el lugar para asentarse y vivir según las condiciones del **clima**, del **relieve** y del acceso al **agua**.

En Europa y en España la mayoría de las personas viven en la **costa** o en las **capitales** de los países.

Densidad de población (habitantes por km²)
- Más de 400
- De 200 a 400
- De 90 a 200
- Menos de 90

Las **costas** y los **archipiélagos** son las regiones más pobladas. Esta es la ciudad de Bilbao, una gran población de la costa cantábrica.

El **interior** está más despoblado, excepto Madrid y otras ciudades. Esta es una zona rural del interior de Castilla-La Mancha.

- La **población española** es el número de habitantes que vive en nuestro país. La **demografía** es la ciencia que estudia la población y sus cambios.
- La **densidad de población** es más alta en la costa y en las grandes ciudades.

Actividades

11 Copia la tabla y marca la casilla correcta.

	Hace que aumente la población	Hace que se reduzca la población
Nacimientos	●●●	●●●
Defunciones	●●●	●●●
Emigración	●●●	●●●
Inmigración	●●●	●●●

Usa todos tus recursos

12 Observa el mapa y señala cuatro comunidades con elevada densidad de población. ¿Están en la costa o en el interior?

13 smSaviadigital.com PRACTICA Descubre cómo se reparte la **población española**.

Párate a pensar

Vivir en sociedad quiere decir que compartimos un lugar con otras personas, en el que todos disfrutamos de unos servicios comunes y de unas leyes.

Es muy importante que todos lo tengamos en cuenta porque, ¡no vivimos solos!

¡Explica cómo es el país en el que vives!

Ha venido una chica nueva al colegio. Se llama Björk, es islandesa y le encanta la música. Islandia no es un país de la Unión Europea, no es una monarquía y no se divide en autonomías.

¿Puedes ayudarle a comprender cómo es España?

14 Escribe en tu cuaderno una definición de la Constitución española usando estos datos.

monarquía parlamentaria | 1978 | ley más importante | derechos y deberes

15 Björk se ha hecho un lío con las divisiones administrativas de España y Europa. Dibuja el esquema en tu cuaderno y complétalo para ella.

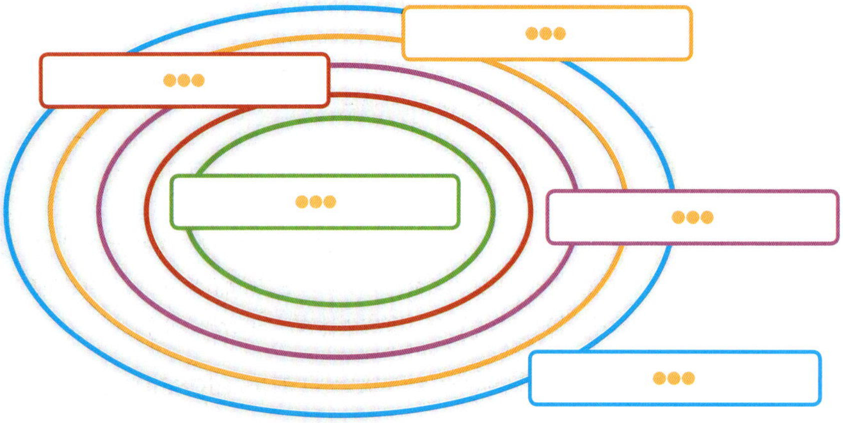

municipio
Unión Europea
comunidad autónoma
España
provincia

16 ¡Cada uno tiene que cumplir con su trabajo! Anota en tu cuaderno el nombre de las siguientes instituciones e indica cuáles son sus obligaciones.

a

b

c

d

Hacer una ley para que todas las personas tengan una casa donde vivir.

Pensar dónde son necesarios más hospitales, escuelas o autopistas, y construirlos.

Castigar a las personas que no respetan e incumplen las leyes.

Representar a todos los españoles y controlar el buen funcionamiento de las instituciones.

Un estudio de población

Björk ha pasado a formar parte de los cinco millones de personas que han inmigrado a España en el siglo XXI. Este es un dato muy importante.

17 Explica la importancia que tiene la inmigración en los datos demográficos de una localidad como Vallehondo del Jarama, en la que, según el censo, había 9.500 habitantes hace un año.

a) Para ver cuánto ha aumentado la población de Vallehondo, suma los nacimientos y los inmigrantes a la población inicial.

b) Luego, a ese resultado réstale los fallecimientos y los emigrantes. Obtendrás el número actual de habitantes en Vallehondo del Jarama.

c) Completa el diagrama de barras con la población actual de la localidad.

d) ¿Ha crecido la población, se mantiene igual o ha disminuido?

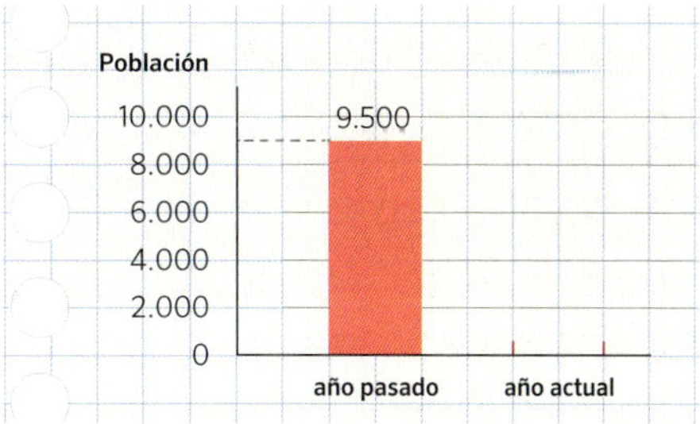

¿Cómo se elige a un alcalde?

18 Esther es la madre de Sinan y quiere poner en práctica sus ideas para mejorar los servicios públicos en la ciudad. Por eso, quiere presentarse a las elecciones municipales y llegar a ser alcaldesa. Antes, necesita ordenar el proceso que debe seguir.

En grupos, haced tarjetas parecidas, ordenadlas y organizad unas elecciones.

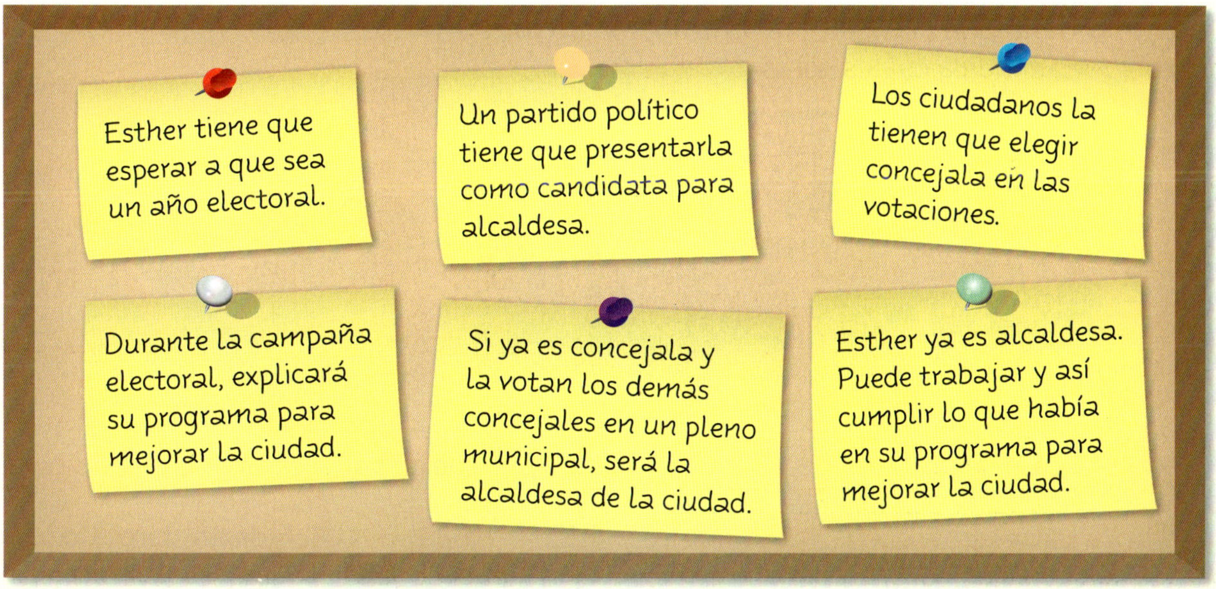

4 Las actividades económicas en España

Seguro que sobre la mesa tienes un cuaderno, un lapicero, pinturas, etc. ¡En este mismo instante hay muchas personas trabajando para que puedas tenerlos!

¿Quién puede trabajar?

El **trabajo** es la actividad humana que tiene como objetivo la producción de bienes y servicios.

Es importante que las personas trabajen, pero no todos los habitantes de España pueden hacerlo:

- La **población activa** son aquellas personas mayores de 16 años que trabajan o quieren trabajar. Quienes trabajan forman parte de la población **ocupada**. Si buscan empleo, se trata de población **en paro**.
- La **población no activa** son las personas que no tienen edad de trabajar, como los niños, y los **jubilados**. También son población no activa las personas que no pueden o no quieren trabajar a cambio de dinero.

Trabaja con la ilustración

19 Haz una lista de los miembros de tu familia.

¿Cuáles forman parte de la población activa? ¿Y de la población no activa?

LOS SECTORES ECONÓMICOS

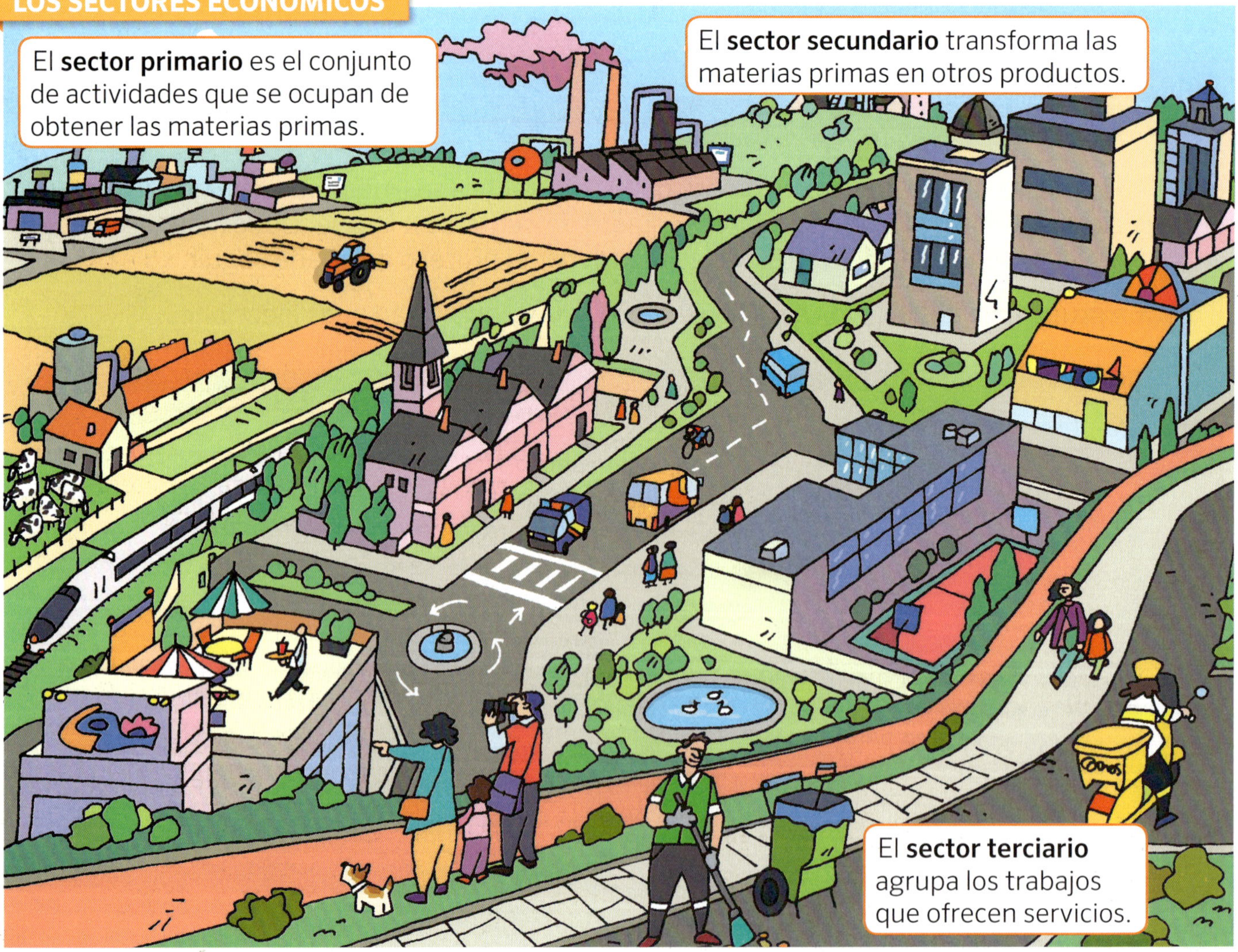

El trabajo en el sector primario

Las personas que obtienen las materias primas de la naturaleza trabajan en el **sector primario**. Pertenecen a este sector los trabajadores de la **agricultura**, la **ganadería**, la **pesca** y la **minería**.

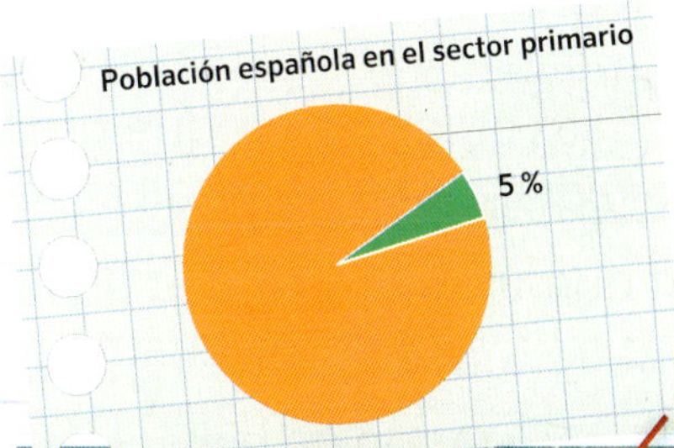

En España existen cultivos de **secano**, como los cereales, y de **regadío**, como las hortalizas.

En España destacan la ganadería **bovina**, **ovina** y **porcina**, y las granjas de **aves**.

La **pesca** puede ser **tradicional** o **industrial**. Esta se realiza en grandes barcos pesqueros.

El trabajo en el sector secundario

Las personas que fabrican productos a partir de las materias primas trabajan en el **sector secundario**.

Las industrias que destacan en España son:

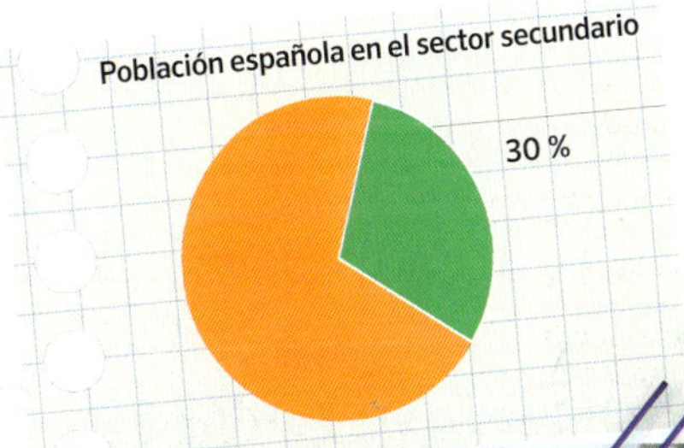

La industria de la **alimentación** produce conservas y alimentos elaborados.

La industria del **automóvil**, la **química** y la de la **energía** aplica **grandes avances técnicos**.

El sector de la construcción diseña y realiza carreteras, ferrocarriles y viviendas.

- El **trabajo** es la actividad humana que produce bienes y servicios.
- Los sectores económicos son tres: **primario**, **secundario** y **terciario**.
- El **sector primario obtiene** materias primas. El **sector secundario las transforma** para fabricar otros productos.

Actividades

20. Explica qué es la población activa.
21. Dibuja un paisaje dedicado al sector primario. ¿Qué actividades destacan?
22. sm**Savia**digital.com
    PRACTICA ¿Sabes a qué **sectores** pertenecen estas actividades?

5 El sector de los servicios

En la actualidad, la mayor parte de los españoles vive en ciudades y trabaja en actividades del sector terciario. Esto quiere decir que prestan sus servicios como abogados, policías, médicos, etc.

¿En qué trabajan tus familiares? ¿A qué sector pertenece su trabajo? ¿En cuál te gustaría trabajar de mayor?

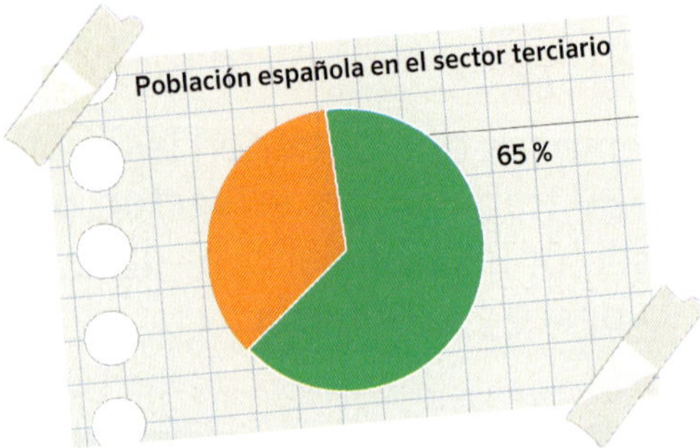

¿Qué servicios nos ofrecen?

Las empresas de este sector venden productos u ofrecen servicios a cambio de dinero. Sus actividades son:

- El **comercio**. Se venden productos o se dan servicios en tiendas, grandes comercios y portales de internet.
- El **transporte**. Se ofrecen medios para trasladar personas y mercancías de un lugar a otro.
- El **turismo**. Se organizan los viajes y el alojamiento de las personas fuera de su localidad habitual.
- También trabajan en este sector **profesionales** como los maestros, los policías, los bomberos o los médicos.

Esta tienda es una empresa dedicada al comercio de artículos turísticos. Para recibir sus mercancías, usa el transporte.

Observa y comprende: Las vías de comunicación

En nuestra vida cotidiana necesitamos **vías de comunicación** para desplazarnos al colegio o al trabajo, transportar cosas o viajar. Las vías de comunicación pueden ser **terrestres**, **marítimas** o **aéreas**.

Taller de Geografía

¡Circula con seguridad!

Las vías de comunicación son fundamentales para la economía, pues permiten transportar personas y productos, pero también obligan a respetar unas **normas de seguridad**.

Antes de cruzar, hay que mirar a ambos lados de la calle y comprobar que los vehículos están parados.

Los **semáforos** evitan accidentes. No son solo para los vehículos, sino también para las bicis y los peatones.

Los **policías** y las **señales de tráfico** son necesarios para una circulación segura.

Todos los pasajeros de un vehículo deben usar el **cinturón de seguridad**, y los niños, además, deben usar una **silla adecuada**.

Los **espacios peatonales** son los más seguros para jugar o pasear.

23 Es aconsejable entrar y salir de los vehículos por el lado más cercano a la acera. Explica por qué y diseña una señal de tráfico para indicarlo.

- Las actividades más destacadas del sector servicios son el **comercio**, el **transporte** y el **turismo**.
- Por **seguridad**, debemos respetar **las normas de tráfico**.

¿Sabías que...?

Los **voluntarios** trabajan y ayudan a quienes lo necesitan y no reciben un salario. Sin embargo, su trabajo tiene mucho valor.
• ¿Qué ejemplos conoces?

Actividades

24 ¿Qué tipo de comercio representa cada imagen? Haz una lista con los tipos de trabajo que se ven en cada una.

a 

b 

Usa todos tus recursos

25 Consulta en tu *Atlas* el mapa de las vías de comunicación en tu comunidad. ¿Hay alguna autovía o línea de ferrocarril cercana a tu localidad?

26 smSaviadigital.com
PRACTICA Consulta la **guía turística**... ¡Y a viajar!

6 El consumo

Los anuncios de la televisión muestran viajes a playas paradisiacas, juegos atractivos, ropa de mil colores... ¡Cuántas cosas que comprar! Pero ¿qué necesitas realmente? ¿Podrías comprarlo todo?

¿Qué consumimos?

La comida, el calzado, la ropa o la calefacción cuando hace frío son productos de **primera necesidad** para nosotros, es decir, necesitamos consumirlos o comprarlos.

Sin embargo, en ocasiones, consumimos otros **productos que no son tan necesarios** y que compramos, simplemente, porque nos gustaría tenerlos o por renovar otros anteriores, aunque estos aún nos sirvan.

El papel de la publicidad

Las empresas usan la **publicidad** para mostrarnos sus productos.

Nosotros recibimos esa a través de carteles, de anuncios en la televisión, la radio o la prensa, y de mensajes en internet.

Como **consumidores** debemos distinguir cuáles de esos productos nos hacen falta de verdad y cuáles no antes de comprarlos.

¿Gastar o ahorrar?

Consumir demasiados productos que no necesitamos puede tener graves **consecuencias negativas**:

- Gastar más de lo que podemos causa problemas en la **economía de las familias**, que no pueden ahorrar y, a veces, se quedan sin dinero para las cosas más necesarias.
- Utilizamos energía y materias primas para fabricar todos los productos, transportarlos y usarlos. Por eso, un consumo excesivo puede **agotar los recursos del planeta**.
- Usar y tirar productos genera basura. El exceso de basuras es **contaminante**.

Por eso, conviene hacer una lista con las cosas que realmente necesitamos y pensar bien antes de comprar un producto, ¡especialmente si es muy caro!

EL CONSUMO RESPONSABLE

No debemos comprarnos cosas por impulso. Hay que valorar antes la necesidad de aquello que queremos.

Para ahorrar energía, podemos ir al colegio andando, en transporte público o en bicicleta.

Podemos reutilizar materiales para hacer manualidades, y el resto de residuos debemos depositarlos en el cubo correcto.

smSaviadigital.com
PRACTICA Y tú, ¿**consumes con responsabilidad**?

Observa y comprende La importancia de la publicidad

Seguramente recuerdas algún anuncio de la televisión o del cine que te ha gustado por las imágenes o por su música. También hay anuncios en la radio, en los periódicos o en los grandes carteles de la calle. ¿Cómo influye la publicidad en nuestra sociedad?

- Es necesario **consumir** de manera **responsable** y pensar bien antes de comprar.
- Los empresarios informan sobre sus productos o servicios por medio de la **publicidad**.

Actividades

27 Haz una lista con productos necesarios y otra con productos menos necesarios. ¿Cuáles comprarías primero?

28 Compara las imágenes. ¿Cuál es el comportamiento correcto? ¿Por qué?

Usa todos tus recursos

29 Completa la tabla en tu cuaderno con la información que creas más acertada.

Tipo de consumo	Consecuencias negativas
Demasiados productos	●●●
Gasto excesivo de las familias	●●●

30 Investiga qué es un logotipo. ¿Por qué es importante en la publicidad?

31 ¿Cuál es tu anuncio preferido? ¿Por qué te gusta? ¿Qué anuncia?

Organiza tus ideas

LA SOCIEDAD EN QUE VIVIMOS

España

- es una → **democracia**
- con una → **●●● parlamentaria**
- y su ley más importante es → **la ●●●**
- España se organiza en →
  - comunidades autónomas
  - provincias
  - ●●●

La población española y la economía

- se mide con → **el censo y el ●●●**
  - Puede → **crecer o disminuir**
  - Se reparte de forma desigual según la → **●●● de población**
  - Puede ser →
    - activa
    - ●●●
- trabaja en → **tres sectores económicos:**
  - ●●●
  - secundario
  - ●●●
- practica el → **consumo**
  - puede → **●●● o gastar**

Trabaja con el esquema

32 Copia y completa en tu cuaderno el esquema con estas palabras.

> no activa - Constitución - municipios - ahorrar - monarquía - padrón - densidad - primario - terciario

33 Piensa en qué lugar del esquema deberían colocarse estas imágenes. Escribe A o B en el esquema de tu cuaderno allí donde corresponda.

a

b

34 Completa este diagrama y añádelo al esquema de tu cuaderno.

ayuntamiento → alcalde
ayuntamiento → ●●●

35 Completa en tu cuaderno las siguientes frases sobre la población.

a) La población se mide con el ●●● y el ●●●.

b) La densidad de población es el número de ●●● de un territorio en relación a su tamaño.

c) En España, hay mayor densidad de población en la ●●● que en el interior.

36 Escribe cada uno de estos trabajos en el sector de la economía que corresponda.

> minero - agricultor - médico - artesano - bombero - obrero

Repasa la unidad

37 Lee este artículo de la Constitución y anota en tu cuaderno la opción correcta.

> La forma política del Estado español es la monarquía parlamentaria.

a) El rey es el jefe del Estado y no hay asambleas.

b) El rey hace las leyes.

c) El rey es el jefe del Estado y las Cortes Generales elaboran las leyes.

38 Organiza las palabras y escribe una frase.

territorio — población — municipio — ayuntamiento — órgano de gobierno

39 Copia este mapa de España en tu cuaderno y nombra cada comunidad autónoma. ¿En cuál vives tú? ¿Y en qué provincia?

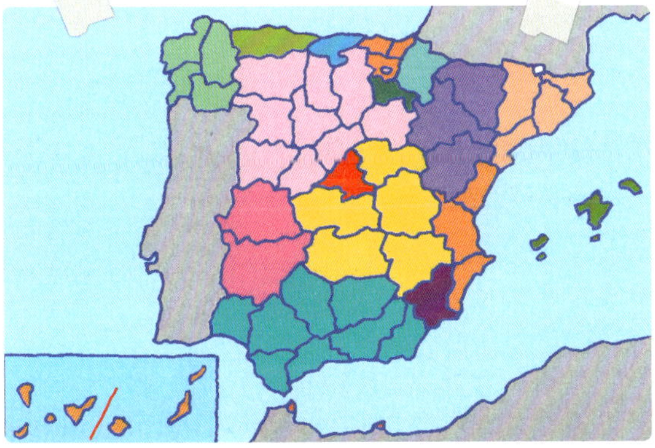

40 Saira es una niña que acaba de llegar a España. Completa el texto para explicarle cómo se organiza nuestro territorio.

> El Estado se organiza territorialmente en ●●●, en ●●● y en comunidades ●●●. Un ejemplo de municipio es mi localidad, que se llama ●●●.

41 Recuerda cómo se calcula el número de habitantes y completa la tabla. Después, responde a las preguntas.

		Número de habitantes
Población hace un año		3.500
Nacimientos	50	3.550
Fallecimientos	30	●●●
Inmigrantes	25	●●●
Emigrantes	15	●●●
Población actual		●●●

a) ¿La población ha aumentado o ha disminuido? ¿Cuánto?

b) ¿Cuántas personas han emigrado a otro lugar? ¿Cuántas han venido?

42 Completa en tu cuaderno el esquema de debajo con las palabras de la caja.

camarero - obrero - ganadero

sector primario → ●●●

sector secundario → ●●●

sector terciario → ●●●

43 Haz una lista de los transportes públicos que puedes utilizar en tu localidad. ¿Cuáles son las ventajas de su uso?

44 Completa en tu cuaderno los carteles de este dibujo.

casco protector - ruedas en buen estado - chaleco visible - luces o reflectantes

smSaviadigital.com

VALORA LO APRENDIDO Comprueba lo que sabes en la **autoevaluación**.

Ponte a prueba

Creamos un anuncio de publicidad

Los anuncios han cambiado mucho a lo largo de la historia y siempre han usado los medios de comunicación más modernos de cada época. ¡Vamos a crear un cartel publicitario!

1. Formad grupos de trabajo. Cada uno de los miembros del grupo va a traer un anuncio recortado de una revista o un periódico.
2. Comparad los anuncios que han traído los compañeros. ¿Qué es lo que tienen en común y cuáles son sus diferencias? Apuntadlo todo en una lista.
3. Dibujad un cartel en una cartulina pequeña. Inventad un producto, cread una frase que llame la atención y ¡haced que se venda bien!

Tarea final ¡Emprendemos un negocio!

En grupos, vamos a crear empresas de alguno de los tres sectores económicos.

PASO 1 Pensad a qué queréis que se dedique vuestra empresa y explicadlo en un texto. Tenéis que decir a qué sector de la economía pertenece.

PASO 2 Repartid las funciones dentro de la empresa: trabajador, empresario, transportista o vendedor. Escribid cuál es la función de cada uno.

PASO 3 En una cartulina, dibujad las secciones del negocio. Señalad con carteles y flechas las actividades que se realizan en cada sección.

PASO 4 Poned nombre a la empresa y diseñad un logotipo que sea bonito.

smSaviadigital.com

VALORA LO APRENDIDO ¿Cómo has trabajado en esta **tarea**?

¡Ni tantos, ni tan pocos!

Illán de Vacas es el municipio con menos habitantes de España. Solo un hombre para nueve kilómetros cuadrados. ¡Está solo!

En el otro extremo está Mislata, en Valencia, que tiene 20.845 habitantes por kilómetro cuadrado. Es el municipio más densamente poblado de España.

Una de estas dos localidades está cerca de la costa. ¿Cuál será?

¡Vamos que volamos!

¿Sabías que España es el país de Europa con más kilómetros de vía de tren de alta velocidad? Además es el tercero del mundo. Solo China y Japón nos superan. A lo largo de 2.056 kilómetros de vías españolas se puede circular a más de 350 kilómetros por hora de velocidad. No está nada mal, ¿verdad?

¿Qué es una vía de comunicación?

¿Cuántos kilómetros recorreré en 2 horas?

¿Qué servicios necesita un turista?

¡Tenemos visita!

Unos 60 millones de personas vienen a España de viaje cada año. Son los turistas y gracias a ellos, muchos españoles trabajan en el sector servicios. Gran parte de esos turistas son ingleses, franceses, alemanes y asiáticos. Para atenderlos bien, ¿en qué idioma podrías comunicarte con ellos?

¿Ultramarinos?

No es una especie de extraños y curiosos peces. Son las antiguas tiendas que vendían productos de "ultramar", es decir, del otro lado del mar: especias, chocolates, telas, frutos exóticos y muchas cosas más.

La tienda de ultramarinos más antigua de España se encuentra en Huesca. Se abrió en 1871 y sigue funcionando en la actualidad.

¿Cómo se llaman ahora los comercios que venden productos variados?

¿Qué es la publicidad? ¿Es cierto todo lo que se dice en los anuncios?

Las telas más bonitas

La publicidad no es algo de nuestros tiempos. Hace más de 5.000 años un comerciante egipcio puso un anuncio para buscar a un esclavo que se había escapado. De paso, hizo publicidad de su taller de tejer telas. Decía que eran las mejores y que se elaboraban al gusto de cada cliente.

Comprueba lo que has aprendido

Test

¿Puedes recordar todo lo que has aprendido durante este trimestre? ¡Compruébalo!

1. ¿Qué representa la siguiente imagen?

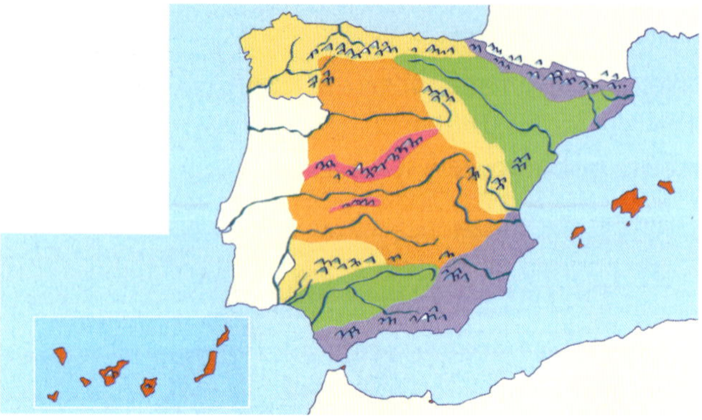

A. El mapa político de España.
B. Las unidades del relieve de España.
C. El mapa de la vegetación de España.

2. Las vertientes de los ríos de la península Ibérica se llaman:
A. Atlántica, mediterránea y cantábrica.
B. Mediterránea, atlántica y ríos del sur.
C. Cantábrica, mediterránea y ríos del norte.

3. ¿Qué es lo que hace al suelo fértil?
A. La agricultura y los pastos.
B. El humus y el agua.
C. Las rocas y la sequedad.

4. ¿Qué tipo de paisajes están representados en estas imágenes?

A. Paisaje atlántico y canario.
B. Paisaje mediterráneo y atlántico.
C. Paisaje canario y mediterráneo.

5. Los recursos naturales pueden ser:
A. Renovables y artificiales.
B. Materiales o artificiales.
C. Renovables o no renovables.

6. En democracia, los valores de las leyes son:
A. El rey, el Gobierno y los tribunales de justicia.
B. La libertad, la justicia y la igualdad.
C. Los derechos, los deberes y la sinceridad.

7. ¿Cómo se organiza el territorio de España?
A. En municipios, provincias y comunidades autónomas.
B. En municipios, localidades y comunidades autónomas.
C. En comunidades autónomas, ciudades y municipios.

8. ¿Dónde hay menor densidad de población en España?

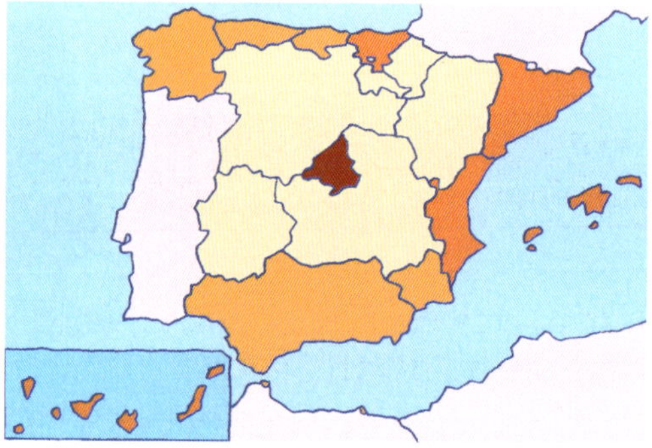

A. En las zonas del interior.
B. En la costa y las ciudades del interior.
C. En las islas y en las zonas del interior.

9. ¿Qué sector económico representa esta fábrica de galletas?

A. Sector primario.
B. Sector secundario.
C. Sector servicios.

10. ¿Qué usan las empresas para dar a conocer sus productos?
A. El consumo responsable.
B. La publicidad.
C. El comercio, el transporte y el turismo.

smSaviadigital.com REPASA

¡Muelas que no muerden!

Las muelas son unas formas de relieve muy características. Se trata de fragmentos de antiguas mesetas que se han quedado aislados por la erosión y forman elevaciones de menor tamaño con la superficie llana.

Son habituales en la depresión del Ebro y en zonas de la Comunidad Valenciana.

1. ¿Qué factores han podido erosionar una meseta hasta formar muelas?
2. Muchas veces vas a encontrar molinos de viento en lo alto de las muelas:
   a) ¿Por qué crees que se sitúan ahí?
   b) Los molinos también tienen muelas. ¿Qué es una muela en ese caso? Busca información y ponla en común con tus compañeros.
3. ¿En qué vertiente desemboca el río Ebro? ¿Que características tiene ese río?

¿Se parecen los delegados a los alcaldes?

¡Claro que se parecen! Los delegados y los alcaldes deben representarnos y defender nuestros intereses como grupo.

Los alumnos de 4º eligen delegados

El delegado de clase transmitirá los problemas de los alumnos a los profesores para intentar resolverlos.

Comienza la campaña electoral

El alcalde buscará soluciones a los problemas de la localidad y reorganizará los servicios públicos.

1. ¿Cómo se elige al delegado de clase? ¿Crees que se parece a la forma en que los ciudadanos eligen a los concejales y al alcalde?
2. Haz una lista con cinco cosas que harías si fueras delegado. Después, indica si benefician al grupo o te interesan sobre todo a ti. ¿Serías un buen delegado?
3. Preparad una carta para el alcalde de vuestra localidad con las ideas que se os ocurran para mejorar el lugar donde vivís.

Un país de gran riqueza

PROYECTO TRIMESTRAL
Descubrimos el arte

Ríos de cultura

Desde siempre, los ríos han sido una fuente de vida para las personas. Además de agua, los ríos proporcionan alimentos y transporte. ¡Incluso es habitual encontrar construcciones en sus orillas!

1 **Observa estas construcciones situadas a orillas de algunos ríos españoles.**

Puente de Piedra

Puente del Milenio

Basílica del Pilar

Puente romano de Mérida

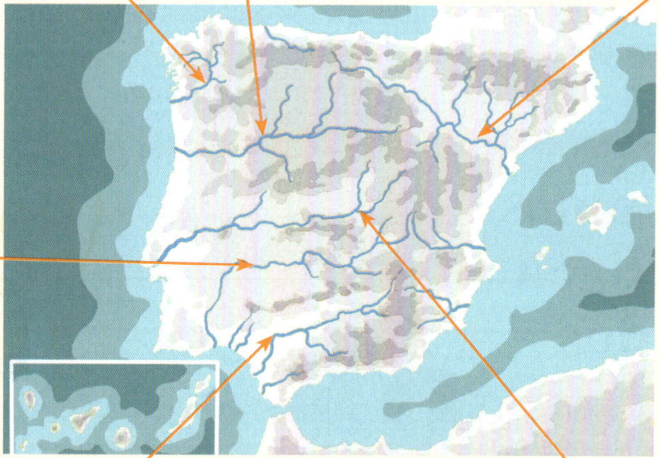

Torre del Oro

Palacio de Aranjuez

2 **Averiguad por parejas el nombre de los ríos sobre los que están cada una de estas construcciones. ¿En qué ciudades se encuentran?**

3 **Copia esta tabla en tu cuaderno y complétala con la información que habéis obtenido.**

CONSTRUCCIÓN	RÍO	CIUDAD QUE CRUZA
Puente del Milenio	●●●	●●●
Puente de Piedra	●●●	●●●
Basílica del Pilar	●●●	●●●
Palacio de Aranjuez	●●●	●●●
Torre del Oro	●●●	●●●
Puente romano de Mérida	●●●	●●●

4 **Elige una de las construcciones anteriores. ¿Con cuál de estas funciones la relacionarías? Explica por qué.**

A. Para cruzar el río y unir las dos partes de la ciudad.

B. Para vigilar e impedir las invasiones de enemigos llegados por el río.

C. Para el uso del pueblo y de sus dirigentes.

5 **Ahora que ya tienes suficiente información, completa una ficha de cartulina con estos datos. Añade una imagen de la construcción elegida.**

Construcción: ●●●

Río junto al que se encuentra: ●●●

Ciudad que cruza el río: ●●●

Comunidad autónoma: ●●●

Vertiente a la que pertenece el río: ●●●

Breve historia de la construcción: ●●●

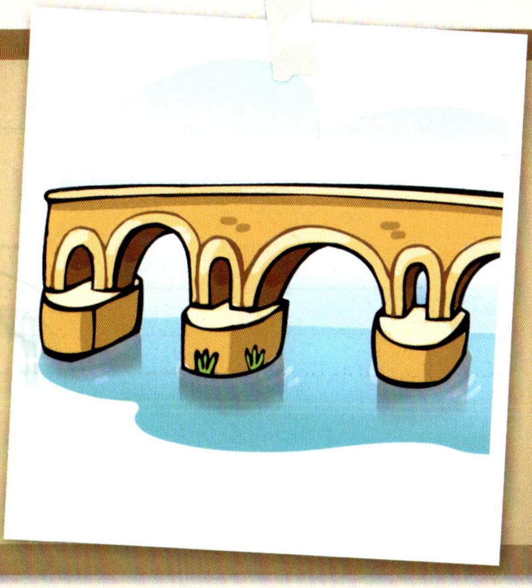

6 **Poned en común vuestras fichas y agrupaos según las construcciones que hayáis trabajado.**

a) Buscad otras construcciones y monumentos de esa misma ciudad.

b) ¿Qué otros ríos atraviesan la misma comunidad autónoma?

c) ¿Qué unidades del relieve español se pueden encontrar en esa comunidad autónoma?

5 La Prehistoria

Un viaje al pasado

–¡El castillo! ¿Qué ha pasado? ¿Dónde está el castillo? –preguntó ahogando un grito.

–Te repito que hemos saltado cuatro mil quinientos años hacia atrás... Por tanto, falta mucho para que construyan el castillo –respondió el anciano con una sonrisa.

–¿Y el puente romano? ¿Está el puente sobre el agua? –quiso saber Paula levantándose de un salto con la intención de correr hacia el río.

–Tampoco está construido el puente; pero calla, porque Nan está a punto de llegar –dijo el Guardián del Tiempo.

Paula volvió a sentarse, y solo entonces cayó en la cuenta de que ya no llevaba vaqueros, zapatillas de deporte y jersey de cuello alto, sino un extraño vestido corto hecho con piel curtida; también eran de piel las botas que calzaba.

CONCHA LÓPEZ NARVÁEZ y RAFAEL SALMERÓN: *Paula y el amuleto perdido*. Ediciones SM

Hablamos

1. Paula ha viajado en el tiempo. Por sus ropas, ¿de qué época es Paula y a qué era ha llegado?
2. ¿En qué edad de la Historia se construyeron los castillos? ¿Por qué dice Paula que no puede ver el castillo de su pueblo?
3. ¿Cuáles de estas actividades son propias del tiempo al que viaja Paula? Fíjate en la ilustración.
   - a) Las personas cazaban y recolectaban.
   - b) La cosecha se guardaba en vasijas realizadas con barro cocido.
   - c) Escribían poemas en los muros de las cuevas.

¡Qué importante es... estudiar nuestro pasado!

Cada vez que se desentierra un objeto del pasado surge una pregunta: ¿para qué servía? Los historiadores y los arqueólogos tratan de responder a esta cuestión. Nosotros también debemos intentarlo, y eso se logra estudiando y aprendiendo.

Tarea final

Vamos a identificar las etapas de la Prehistoria gracias al análisis de la comida.

1 La Historia y sus etapas

Los científicos creen que la Tierra tiene una antigüedad de 4.500 millones de años, pero los antepasados del ser humano aparecieron hace tan solo 2 millones de años...

Aunque no lo creas, ¡es poco tiempo!

La Historia y sus fuentes

La Historia es la ciencia que estudia la evolución del ser humano en el planeta Tierra.

Para conocer la Historia, los historiadores usan documentos y testimonios que nos informan sobre el pasado. Estos materiales reciben el nombre de **fuentes históricas**.

Una pintura puede ser una importante fuente histórica de tipo gráfico.

El tiempo histórico

Para comprender mejor la Historia, ordenamos los hechos en el tiempo. El tiempo se agrupa en **unidades de medida**:

1 milenio = 1.000 años

1 década = 10 años

1 siglo = 100 años

1 lustro = 5 años

En nuestra cultura contamos los siglos a partir del **nacimiento de Cristo**.

Si los hechos ocurrieron antes de Cristo, escribimos las letras **a. C.** Si ocurrieron después, escribimos las letras **d. C.**

Para poder estudiar el pasado, los historiadores han dividido la Historia en una serie de etapas llamadas **edades históricas**.

Observa y comprende La línea del tiempo de la humanidad

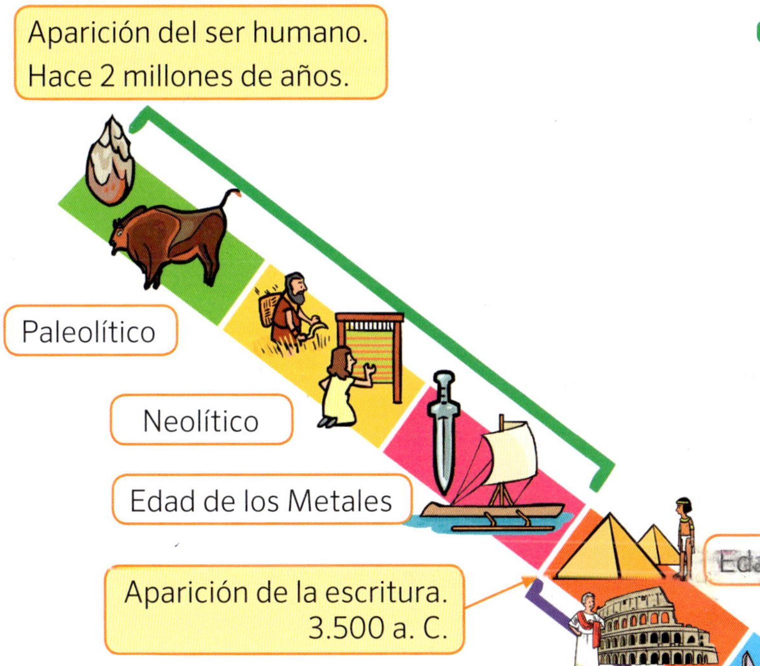
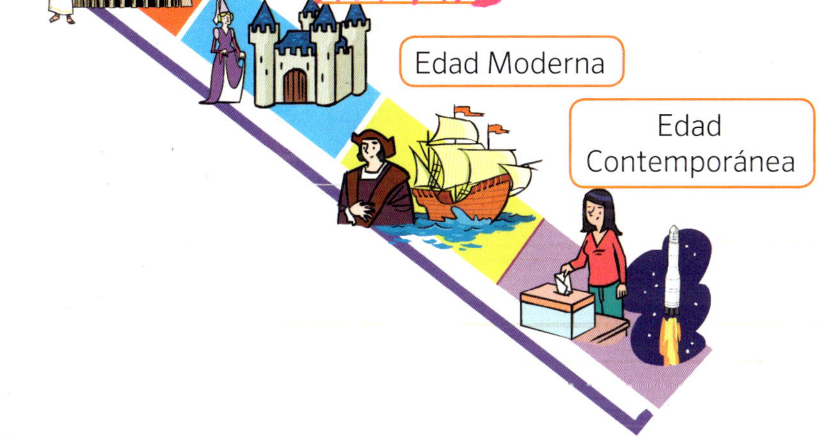

- En la **Prehistoria**, aún no existía la escritura. Por eso, para conocer esa etapa, utilizamos **fuentes materiales**. Las personas que buscan y analizan yacimientos prehistóricos son los **arqueólogos**.

- La aparición de la escritura marca el final de la Prehistoria. Los **historiadores** analizan las **fuentes escritas** para estudiar nuestra **Historia**.

- La **Historia** estudia el pasado de los seres humanos a partir de diversas fuentes históricas.
- El **tiempo histórico** se organiza a partir del nacimiento de Cristo. Los historiadores han dividido la Historia en etapas.

smSaviadigital.com
JUEGA Y APRENDE ¿Conoces las **unidades de medida** del tiempo histórico?

Actividades

1. ¿Qué significa que un hecho sucedió antes de Cristo?

2. Enumera las fuentes históricas que se han citado en estas páginas y pon un ejemplo de cada una de ellas.

Usa todos tus recursos

3. Mira la página 140 de tu libro y escribe tu fecha de nacimiento en números romanos. ¿Cuántos lustros has vivido?

4. Observa la línea del tiempo de la humanidad. ¿En qué edad de la Historia vives?

2 El Paleolítico

Las fuentes materiales y los estudios científicos han desvelado que, en sus orígenes, el ser humano vivió una gran aventura en la que era necesario ser fuerte e inteligente.

Nuestros antepasados cazaron mamuts, inventaron el lenguaje, sobrevivieron a largos períodos fríos y dominaron elementos tan peligrosos como el fuego. ¿Serías tú capaz?

¿Qué es el Paleolítico?

Para estudiar el larguísimo **período prehistórico**, los historiadores lo han dividido en etapas.

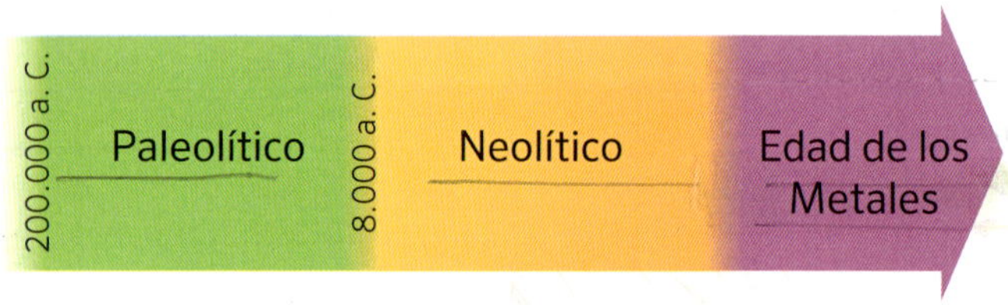

La primera de ellas fue el Paleolítico, que comenzó con la aparición en África de los primeros **antepasados del ser humano**.

En busca de la caza

Los primeros humanos eran **nómadas**, es decir, viajaban de un sitio a otro para hallar manadas de animales que **cazar**, frutos que **recolectar** o ríos donde **pescar**. En sus viajes se alojaban en cuevas o pequeñas cabañas.

La vida nómada llevó a los humanos a salir de África. Así llegaron a los demás continentes.

La vida en las tribus

Los primeros homínidos vivían en **tribus**. La vida en sociedad los llevó a desarrollar habilidades sociales, el **lenguaje** y la **caza en grupo**.

También **tallaron** las primeras **herramientas**, para lo que usaron piedra, hueso y marfil. Las utilizaban para cazar, pescar y coser.

El gran avance del Paleolítico fue el dominio del **fuego**. Con él las personas pudieron calentarse durante uno de los períodos más fríos de la existencia humana, iluminar las cuevas, cocinar y protegerse de los animales salvajes.

Al abrigo de sus cuevas realizaron también las primeras muestras de arte: las **pinturas rupestres** y pequeñas **esculturas**.

Para obtener **fuego** golpeaban piedras o giraban un palo en el hueco de un tronco.

¿Sabías que...?

Las **pinturas rupestres** se realizaban en las paredes de las cuevas. En la península Ibérica se conservan algunos de los conjuntos más importantes y antiguos del mundo.

Las primeras pinturas rupestres aparecieron en la **costa cantábrica**, en cuevas como la de Altamira, y representaban **figuras animales**. Más tarde, en la **costa levantina** aparecieron las **figuras humanas**.

LA VIDA EN EL PALEOLÍTICO

- El **Paleolítico** es la primera etapa de la Prehistoria. Los humanos eran **nómadas** y habitaban cuevas.
- Las personas aprendieron a **fabricar herramientas**, usar el **fuego** y comunicarse mediante el **lenguaje**.

Actividades

5 ¿Cómo obtenían nuestros antepasados los alimentos durante el Paleolítico?

6 Observa. ¿Para qué se utilizaban estos objetos? ¿De qué material están hechos?

Usa todos tus recursos

7 ¿Qué tipo de pintura rupestre están realizando en la ilustración? ¿En qué costa española pudo aparecer?

8 ¿Qué ventajas puede tener cazar en grupo? ¿Qué actividades realizas tú en grupo?

9 sm**Savia**digital.com
JUEGA Y APRENDE Resuelve el crucigrama sobre la **vida en el Paleolítico**.

3 La revolución del Neolítico

¿Te imaginas cambiar de hogar varias veces al año y caminar con todas tus cosas al hombro durante miles de kilómetros? Las personas del Neolítico hallaron el modo de evitarlo.

En la península Ibérica se conservan algunos megalitos, como este dolmen. Los megalitos fueron las primeras construcciones humanas. Se realizaban con enormes piedras y se usaban para enterramientos y rituales.

¿Qué es el Neolítico?

El Neolítico fue la etapa de la Prehistoria posterior al Paleolítico.

En aquel período se hicieron **avances** y **descubrimientos** que cambiaron el modo de vida de la humanidad. Fue la **revolución neolítica**.

Agricultores y ganaderos

La observación de la naturaleza permitió a los humanos conocer las plantas y los animales, y desarrollar la **agricultura** y la **ganadería**.

Al producir sus propios alimentos, pudieron abandonar el nomadismo y construir poblados estables. Apareció así la vida **sedentaria**.

¿Sabías que...?

El perro fue, con probabilidad, el primer animal domesticado por el ser humano.

Una época de grandes inventos

La agricultura y la ganadería impulsaron la fabricación de nuevas herramientas:

- Se fabricaron utensilios de **piedra pulida**, más elaborada que en el Paleolítico, y surgió el **arado** para cultivar la tierra.
- Para guardar y cocinar alimentos se modelaron vasijas de **cerámica**. Para fabricarlas se usaron la **rueda** y el **horno**.
- De los animales y de los cultivos se obtuvieron fibras como la lana y el lino. El invento del **telar** permitió usar esas fibras para fabricar tejidos.

▸ La **revolución neolítica** comenzó hacia el año 8.000 a. C.

▸ Los humanos se convirtieron en **agricultores y ganaderos sedentarios**.

▸ Aparecieron **inventos** como la piedra pulimentada, el arado, la cerámica, la rueda y el telar.

Actividades

10 Copia y completa la tabla.

Paleolítico	Neolítico
●●●	Sedentarios
Cazadores-recolectores	●●●
Piedra tallada	●●●
Vestidos con ●●●	Vestidos con telas

Usa todos tus recursos

11 sm**Savia**digital.com
PRACTICA Descubre los grandes **inventos prehistóricos**.

12 La alimentación en el Paleolítico.

a) ¿Cómo pudo cambiar la dieta en el Neolítico? ¿Por qué?

b) ¿A cuál se parece más la tuya?

4 La Edad de los Metales

El último gran descubrimiento de la Prehistoria fueron los metales. Mira alrededor. ¿Para qué se usan hoy día? ¿Y entonces?

El descubrimiento del metal

A finales de la Prehistoria se desarrolló la **metalurgia**, es decir, las personas aprendieron a fundir metales en hornos, moldearlos y pulirlos. Así comenzó la Edad de los Metales.

El primer metal que el ser humano utilizó fue el **cobre**, un metal blando usado para hacer joyas. Más tarde, fabricó herramientas y armas con metales duros como el **bronce** o el **hierro**.

En la Edad de los Metales, las tumbas megalíticas se convirtieron en grandes construcciones, como esta naveta de las islas Baleares.

Los muertos se enterraban con sus joyas y otros objetos de metal.

Artesanos, comerciantes y guerreros

Trabajar el metal era difícil, por lo que aparecieron **trabajadores especializados**, como los herreros. También se especializaron los alfareros, los tejedores o los ganaderos, entre otros. Cada uno fabricaba ahora un producto distinto y los intercambiaban. Este comercio sin monedas se llama **trueque**.

Los nuevos **transportes**, como el barco de vela o los carros con ruedas, permitieron comerciar con lugares lejanos ricos en metal. Esas zonas con metal se enriquecieron y los poblados se convirtieron en pequeñas **ciudades**.

Para proteger las ciudades se levantaron murallas y se escogieron guerreros. Uno de ellos era elegido **jefe**. Este gran poder que tenían los guerreros creó **desigualdades sociales**.

Trabaja con la ilustración

13 En grupos, enumerad las diferencias entre un poblado neolítico y una ciudad de la Edad de los Metales.

LA EDAD DE LOS METALES

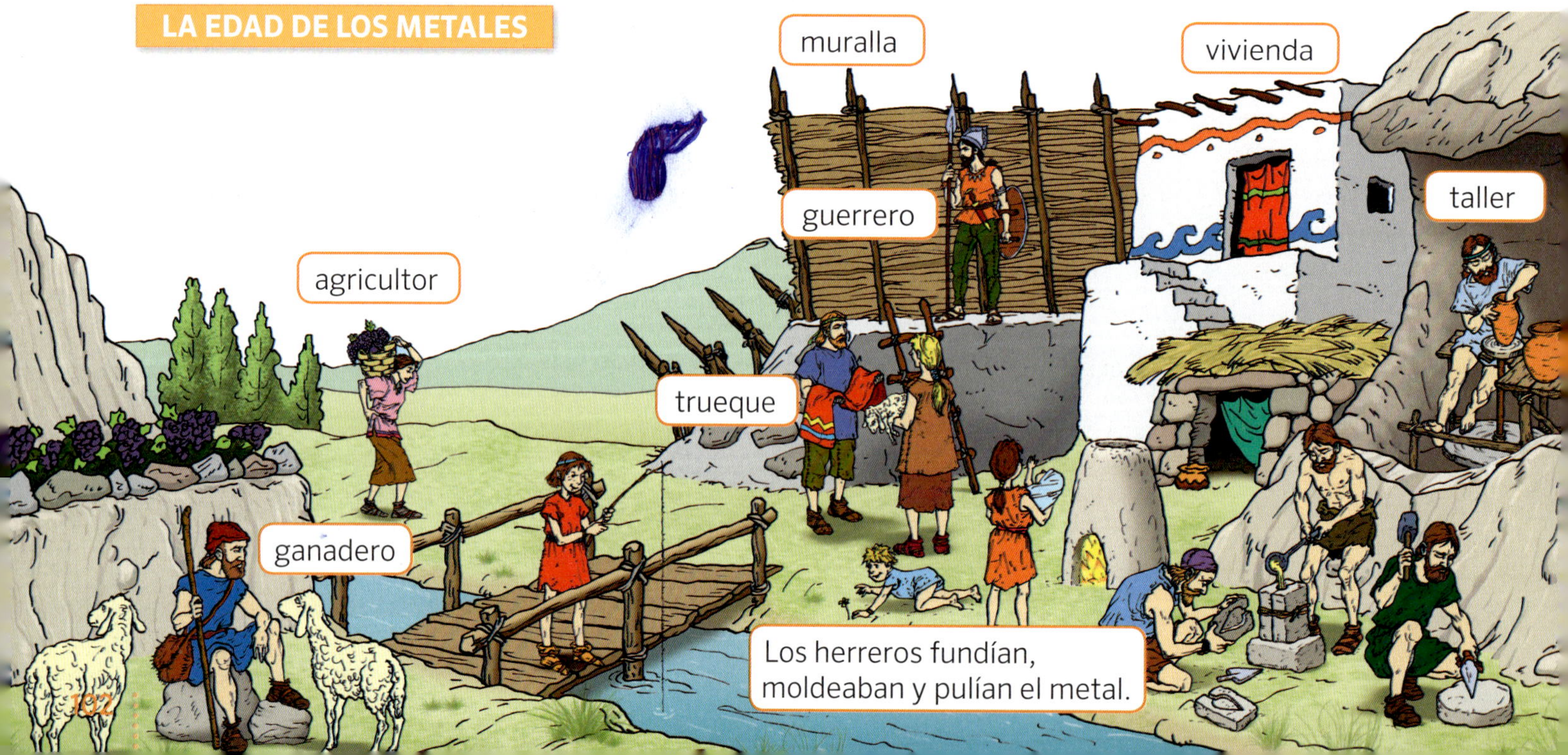

Taller de Historia

¡Los arqueólogos, detectives de la Historia!

Los descubrimientos arqueológicos nos ayudan a entender los modos de vida de otras épocas. Los arqueólogos trabajan como detectives de la Historia e investigan el pasado a partir de pistas muy antiguas.

Paso 1: Búsqueda del yacimiento

Los arqueólogos investigan para encontrar yacimientos enterrados. Busca en tu *Atlas* los yacimientos prehistóricos hallados en España.

Paso 2: Excavación

Los profesionales excavan para extraer con precaución los objetos del pasado.

Paso 3: Análisis de laboratorio

Las piezas se trasladan con cuidado a un laboratorio. Allí se analizan y se clasifican según su material, su fecha, su función...

Paso 4: Informe

Arqueólogos e historiadores estudian los datos. Las piezas se exponen en los museos con comentarios que explican su origen.

14 Clasifica esta pieza y señala a qué período de la Prehistoria corresponde.

YACIMIENTO	LOCALIZACIÓN	CARACTERÍSTICAS	ETAPA DE LA PREHISTORIA
Atapuerca	Burgos	Material: piedra - hueso - metal - cerámica Técnica: talla - pulimentación - fundido	●●●

- La **Edad de los Metales** es la última etapa de la Prehistoria.
- La **metalurgia** provocó una mayor **especialización** del trabajo y el desarrollo del **comercio**.
- Algunas aldeas se convirtieron en **pequeñas ciudades**.

Actividades

15 Define el último período de la Prehistoria con estas palabras.

metalurgia | trueque | ciudad | comercio

Usa todos tus recursos

16 Enumera cinco oficios de la Edad de los Metales. ¿A qué sector pertenecían: primario, secundario o terciario?

17 sm**Savia**digital.com
PRACTICA Los yacimientos de la sierra de **Atapuerca**.

Organiza tus ideas

	Paleolítico	Neolítico	Edad de los Metales	
Aparición del ser humano	• tribus en cuevas. • cazadores y ●●●. • nómadas. • herramientas de piedra ●●●. • dominio del fuego. • primeras pinturas.	• poblados. • ●●● y ganadería. • sedentarios. • herramientas de piedra ●●●. • piezas de cerámica. • primeros megalitos.	• primeras ●●●. • dominio de la metalurgia. • artesanía y ●●●. • nuevos medios de transporte. • grupos sociales poderosos.	Aparición de la escritura

Trabaja con el esquema

18 Copia y completa el esquema en tu cuaderno. Además, señala:

a) El tipo de fuente histórica qué más se utiliza para estudiar la Prehistoria.

b) Las manifestaciones artísticas del Paleolítico.

c) El nombre de un tipo de megalito.

d) Los logros tecnológicos de la Edad de los Metales.

19 Copia y completa la tabla en tu cuaderno.

	PALEOLÍTICO	NEOLÍTICO	E. METALES
Dónde vivían	●●●	●●●	●●●
Cómo fabricaban sus herramientas	●●●	●●●	●●●
Qué obras de arte realizaron	●●●	●●●	●●●

20 Transforma la información del esquema en un texto que tenga varios párrafos que empiecen así:

- En el Paleolítico, los grupos humanos eran ●●● y vivían de la ●●●.
- Las actividades económicas del Neolítico fueron ●●●, la cerámica y ●●●.

21 Cada una de estas frases presenta un error. Léelas y cópialas correctamente en tu cuaderno:

a) Las gentes del Paleolítico almacenaban alimentos en cuencos de cerámica.

b) El Neolítico finaliza con la invención de la metalurgia y de la escritura.

c) El comercio se desarrolló en la Edad de los Metales gracias a la invención de la moneda.

Repasa la unidad

22 Dibuja una línea del tiempo con las edades de la Historia.

23 Ordena de más antigua a más reciente las siguientes fechas y anota el siglo al que pertenecen.

1975 d. C. · 476 d. C. · 322 a. C. · 218 a. C. · 1492 d. C.

24 Copia la tabla y complétala con la lista de avances de cada etapa.

Paleolítico	•••
Neolítico	•••
Edad de los Metales	•••
Historia	•••

pirámides - armas de bronce - castillos - caza - moneda - agricultura - pinturas rupestres - comercio - fuego - barcos - cerámica - tejidos - recolección - farolas

25 Observa las siguientes imágenes.

a) ¿Qué tipo de fuentes históricas son?

a

b

c

b) ¿Cuál no puede hallarse en un yacimiento prehistórico? ¿Por qué?

26 Lee las pistas y averigua el período prehistórico del personaje y su oficio.

Trabajo vigilando mi poblado
sobre un gran muro apoyado.
Vigilo a gentes de ciudades lejanas,
que traen metal para mis espadas.
Al otro lado de esta muralla
puedo ver un menhir de gran talla.

27 Explica este proceso de fabricación.

28 ¿A qué fase del trabajo de un arqueólogo corresponde la fotografía?

28 ¿En qué etapa de la Prehistoria surgieron estos elementos que usamos hoy?

a

b

c

d

30 smSaviadigital.com
JUEGA Y APRENDE ¿Qué sabes sobre la **Prehistoria**?

smSaviadigital.com
VALORA LO APRENDIDO Comprueba lo que sabes en la **autoevaluación**.

Ponte a prueba

Artistas de ayer y de hoy

1. Describe lo que ves en cada escena.
2. ¿En qué período de la Prehistoria se hicieron? ¿En qué zona de la península Ibérica? ¿Cuál es la más antigua?
3. Explica cómo se realizaban.
4. Haz tu propia pintura rupestre sobre una escena de la vida cotidiana.

Tarea final ¡A la carta!

PASO 1 En grupos, buscad la relación de cada restaurante y cada menú con una etapa de la Prehistoria. Anota en tu cuaderno las pistas que habéis seguido. Decidid qué nombre corresponde a cada uno.

RESTAURANTES

1
- En otoño e invierno estaremos en la mejor cueva, decorada por grandes artistas y con fuego asegurado.
- En primavera y verano nos trasladamos a un prado junto al mar.
- Contamos con las herramientas mejor elaboradas para cortar la carne sin apenas esfuerzo.

2
- Gran calidez en nuestra cabaña-restaurante.
- Pan elaborado con trigo que hemos cultivado.
- Todo tipo de útiles de cocina para una comida cómoda.

3
- Come como un jefe de poblado por menos de lo que piensas.
- Disfruta de productos traídos de lugares lejanos.
- Especialidades cocinadas en grandes ollas de bronce.

MENÚS

A **Entrantes:** queso de cabra o verduras asadas
Primer plato: sopa de legumbres
Segundo plato: estofado de cerdo y verduras o pollo asado

B **Entrantes:** huevos de gallina cocidos
Primer plato: arroz con verduras cocidas
Segundo plato: salmón ahumado traído del norte de Europa.

C SEGÚN ESTACIÓN DEL AÑO
Entrantes: raíces y hierbas / moluscos
Plato único: asado de caza (ciervo, bisonte, mamut) / asado de pesca
Postres: frutos del bosque (no venenosos) / miel

Altamira, un restaurante cavernícola
La cuchara de barro, toda una revolución
La muralla, para comer como un rey

PASO 2 Haced un mural para el aula con cada menú y dibujad el restaurante y los platos.

smSaviadigital.com
VALORA LO APRENDIDO ¿Cómo has trabajado en esta **tarea**?

¿Dónde se inventó el tiempo?

El calendario más antiguo que se conoce se realizó en Escocia, en el año 8.000 a. C.

Los hombres prehistóricos eran aún cazadores y recolectores, e inventaron un sistema para medir el tiempo y saber cuándo llegaría la próxima estación. Así sabían qué animales podían cazar o qué alimentos iban a poder recolectar.

Observando el Sol y la Luna hicieron pozos en el suelo y obtuvieron un gran calendario solar.

¿En qué etapa de la Prehistoria se hizo este calendario? ¿Hace cuántos milenios sucedió?

La musaraña del infierno

Al igual que este animal, otros muchos se han extinguido. ¿Qué animales convivieron con el hombre del Paleolítico pero ya no existen?

Hace 1.200.000 años vivía en la península Ibérica este pequeño mamífero. Era una musaraña cuatro veces más grande que las de ahora, que tenía los ojos rojos y podía inyectar veneno con sus incisivos.

Sus restos se han encontrado en las excavaciones realizadas en Atapuerca, Burgos.

¡Una traductora de 760 kilos!

Me llamo Rosetta

Hace más de doscientos años, unos soldados franceses descubrieron en el norte de Egipto una piedra de 760 kilos.

Estaba escrito tres veces el mismo texto: con jeroglíficos egipcios, con otra escritura egipcia, y en griego.

Comparando los textos se tradujeron por primera vez los jeroglíficos. ¡Aquella piedra funcionaba como un diccionario de idiomas!

¿Qué etapa terminó cuando apareció la escritura? ¿Cuál empezó?

Los Croods

¿Podría una familia del Paleolítico adaptarse a las costumbres del moderno Neolítico?

¿Qué diferencias hay entre la vida de una joven del Paleolítico y un joven del Neolítico?

6 La Edad Antigua

¡Mitología ibérica!

Hace miles de años, los griegos aprendieron a escribir sus historias. Contaban hazañas formidables como las de Heracles (Hércules) que, según ellos, había separado África de la península Ibérica comunicando el mar Mediterráneo con el océano Atlántico. A cada lado del estrecho que hoy llamamos de Gibraltar, el héroe dejó un monte que señalaba el fin del mundo. Ambos montes se representan con dos columnas. ¿Te suenan? ¿Sabías que salen en el escudo de España?

En la Edad Antigua, valientes navegantes fenicios y griegos llegaron a Hispania buscando pueblos con los que comerciar y tierras ricas para colonizar. Así, se instalaron en nuestras costas e incluso se atrevieron a traspasar las columnas de Hércules. Sin embargo, pensaban que en el Atlántico terminaba el mundo. ¡No sabían que más allá estaba América!

Hablamos

1. En la Prehistoria no existía la escritura. ¿Cómo ayudan los escritos a conocer la Historia pasada?
2. Los fenicios, los griegos y, más tarde, los romanos fueron pueblos mediterráneos que llegaron a nuestras costas. ¿Qué sabes de ellos? ¿Qué nos enseñaron?
3. En la imagen los griegos construyen la colonia en Ampurias, en la costa de Girona. ¿Qué mar baña esa provincia? ¿A qué comunidad autónoma pertenece?

¡Qué importante es... conocer otras culturas!

Las culturas nacen del intercambio de costumbres entre pueblos a lo largo de la historia. Hace miles de años, el gran intercambio cultural que se produjo en el Mediterráneo dio origen a algunas de nuestras señas de identidad, como la comida o la lengua.

Tarea final

Vamos a recorrer en cuadriga la historia de Roma. Para ello, usaremos los números romanos.

1 El nacimiento de las civilizaciones

¿Cómo buscarías algo en internet o lo anotarías en tu diario si no existiera la **escritura**? ¡Este gran invento tiene ya 5.000 años!

La aparición de la escritura, hacia el año 3.500 a. C., se considera el fin de la Prehistoria y el comienzo de la **Historia**. La Historia se divide en etapas, y la primera de ellas fue la **Edad Antigua**.

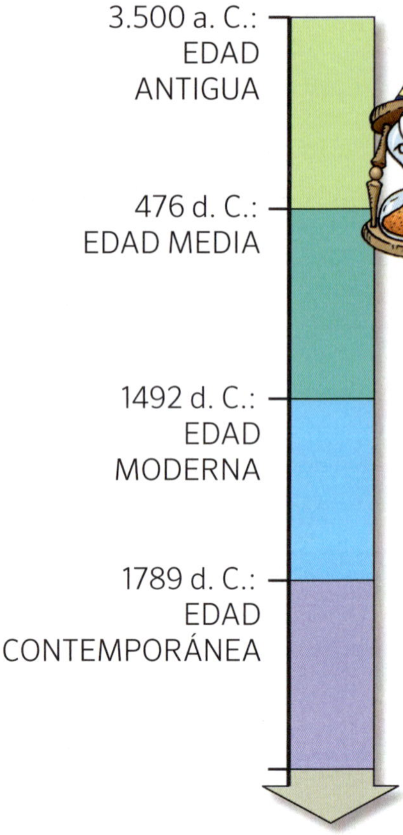

El origen de las civilizaciones

Llamamos **civilizaciones históricas** a los pueblos que utilizaron por primera vez la **escritura** a comienzos de la Edad Antigua.

Esos pueblos fueron Mesopotamia, Egipto, China e India, que se desarrollaron en los valles de los **grandes ríos de Asia y África**. Los ríos facilitaban agua para los cultivos, el ganado y el consumo humano, y ofrecían importantes vías de navegación.

Más tarde surgieron a orillas del **Mediterráneo** nuevos pueblos, como **Grecia y Roma**, muy importantes para nuestra cultura.

¿Cómo eran las civilizaciones antiguas?

El nacimiento de las primeras civilizaciones fue posible gracias al **desarrollo agrario y comercial** de finales de la Prehistoria, y al nacimiento de las **ciudades**. Además, estos pueblos dominaron la **escritura** y alcanzaron un gran **desarrollo cultural y científico**.

Todos ellos eran **politeístas**, es decir, adoraban a varios dioses, e incluso algunos de sus poderosos reyes se declararon seres divinos. Los sacerdotes también tenían un gran poder. Por eso, en las ciudades destacaban los **palacios y tumbas reales** junto a los **templos** religiosos.

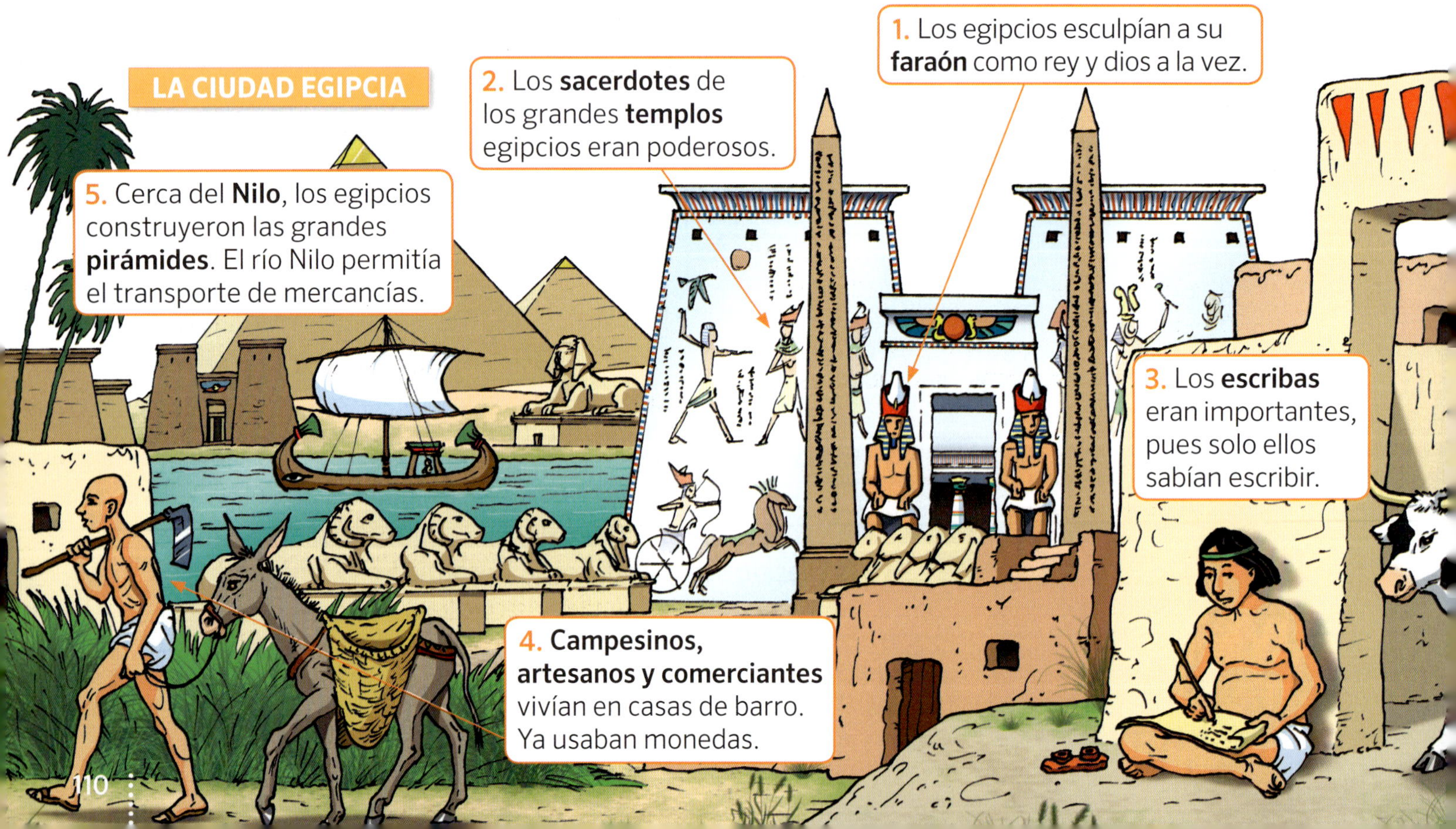

Taller de Historia

¡Imita a un escriba!

La escritura apareció en Mesopotamia. Se usaba para anotar los alimentos y los bienes que se almacenaban en las ciudades. Poco después surgió en Egipto. ¿Cómo escribían estos pueblos?

Escritura	Mesopotamia	Egipto
Nombre	Cuneiforme	Jeroglífica
Tipo	Marcaban signos abstractos que tenían un significado. 	Representaban cosas, ideas y sonidos mediante dibujos o pictogramas. 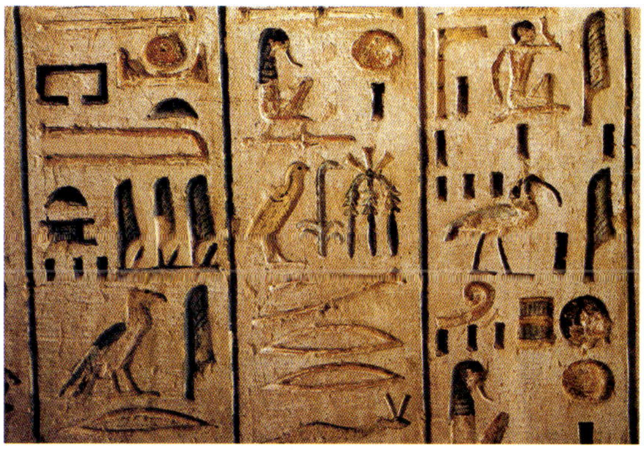
Soporte	Tablillas de barro	Piedra o papiro

1. ¿Qué diferencias existen entre la escritura mesopotámica y la egipcia?
2. En una tablilla de plastilina, explica tu día de hoy mediante dibujos. ¿Te resulta fácil?

- La invención de la **escritura** marcó el inicio de la Historia.
- Las primeras civilizaciones tenían una **cultura** y una **economía** muy desarrolladas.

Actividades

3. ¿Con qué hecho se considera que comenzó la Historia?
4. ¿Cuáles fueron las primeras civilizaciones históricas?
5. Copia y completa esta tabla con las características de las primeras civilizaciones.

Religión	Economía	Sociedad	Avances
•••	•••	•••	•••

Usa todos tus recursos

6. Explica tres semejanzas y tres diferencias entre tu sociedad y una sociedad antigua.
7. Localiza Mesopotamia, India y China en el mapa de las primeras civilizaciones de tu *Atlas*. ¿En qué continente se situaron? ¿Junto a qué ríos se asentaron?
8. sm**Savia**digital.com
   PRACTICA Recuerda cómo se lee una **línea del tiempo**.

2 La Edad Antigua en la península Ibérica

En la Antigüedad algunos pueblos del Mediterráneo extendieron sus rutas comerciales hasta nuestras costas. Los fenicios, por ejemplo, dieron nombre a Hispania. ¿Sabes lo que significa?

¿Cómo llegó la escritura?

Los **fenicios** y los **griegos** fueron los primeros pueblos de la Edad Antigua en traer la escritura y la moneda a la península Ibérica. Aquí construyeron **colonias comerciales**.

COLONIAS FENICIAS Y GRIEGAS

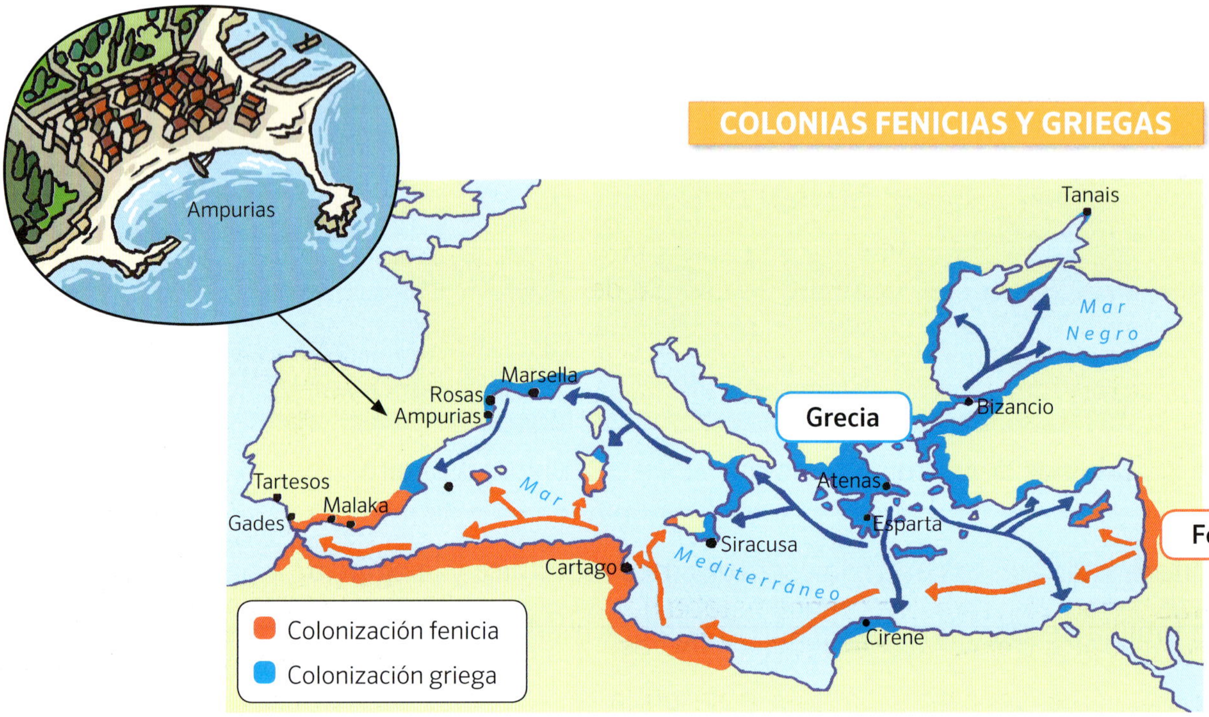

1. Los **fenicios** eran mercaderes originarios del Mediterráneo oriental. Desde el 1200 a. C. establecieron **colonias comerciales** en el Mediterráneo y llegaron a la península Ibérica, a la que llamaron **Hispania** ("tierra de conejos"). De la colonia fenicia de Cartago, en África, surgieron más tarde los **cartagineses** o púnicos.

2. Los **griegos** vivían en ciudades independientes o **polis**. Eran hábiles comerciantes y, desde el año 700 a. C., crearon **colonias** por el Mediterráneo. Gracias a sus colonias en nuestras costas, los habitantes de Hispania conocieron la idea de democracia, el teatro, la mitología, el arte clásico, etc.

Los pueblos peninsulares

Los fenicios, cartagineses y griegos encontraron en la Península varios **pueblos** de costumbres diferentes. Establecieron contacto con ellos gracias al **comercio**.

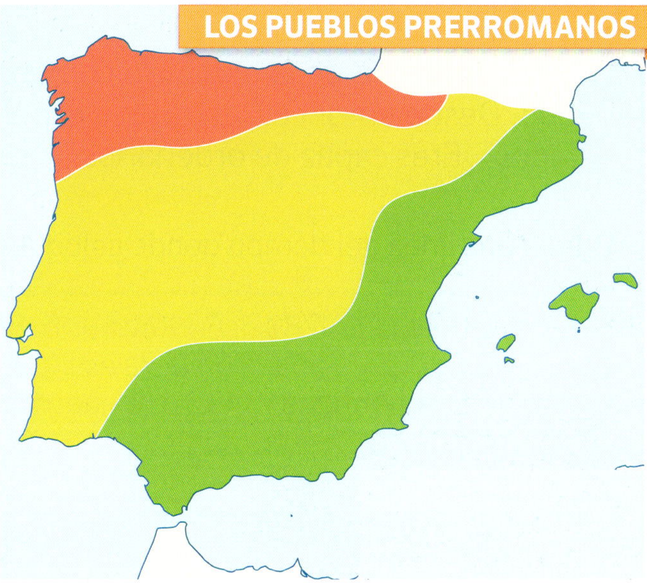

1. Pueblos del norte

Los pueblos del norte vivían en **castros** formados por casas circulares. Se dedicaban a la agricultura y a la ganadería. Su **desarrollo** comercial y cultural era muy **escaso**.

2. Celtíberos

Vivían en **poblados fortificados elevados**. Se dedicaban a la agricultura, a la ganadería y a los metales, pero **no conocían la moneda ni la escritura**, y apenas comerciaban.

3. Íberos

Vivían en **poblados fortificados y con torres**. Se dedicaban a la agricultura, la ganadería y la artesanía. **Usaban monedas** y comerciaban con los fenicios y griegos, de quienes aprendieron la **escritura**.

- En la Antigüedad, la península Ibérica estaba habitada por **pueblos del norte, celtíberos e íberos**.
- Los **colonizadores fenicios y griegos** trajeron la escritura, la moneda y su cultura.

Actividades

9 Anota en una ficha sus aportaciones:

Fenicios: ●●●

Griegos: ●●●

10 Relaciona cada término con un pueblo:

ganadería · fortificación · castro · escritura · agricultura · comercio

Pueblos del norte	Pueblos íberos
●●●	●●●

Usa todos tus recursos

11 Observa los mapas. ¿Qué pueblos vivían en tu región en la Edad Antigua? ¿Llegó algún pueblo colonizador? ¿Cuál?

12 En grupos de tres, investigad sobre estos nombres y preparad un mural.

Toros de Guisando

Dama de Baza

Dama de Elche

13 smSaviadigital.com JUEGA Y APRENDE ¿Cuánto sabes sobre los pueblos **prerromanos**?

Párate a pensar

Con la aparición de la escritura comenzó la historia de la Humanidad. Desde entonces, el mundo experimentaría cambios muy rápidos. ¿Eres capaz de ordenarlos?

14 Dibuja una línea del tiempo donde coloques en orden las etapas y hechos de la Historia.

Actualidad - 1789 d. C.: Revolución francesa - Edad Media - Edad Contemporánea - 3.500 a. C.: aparición de la escritura - Edad Moderna - 476 d. C.: caída de Roma - Edad Antigua - 1492 d. C.: descubrimiento de América - Nacimiento de Cristo

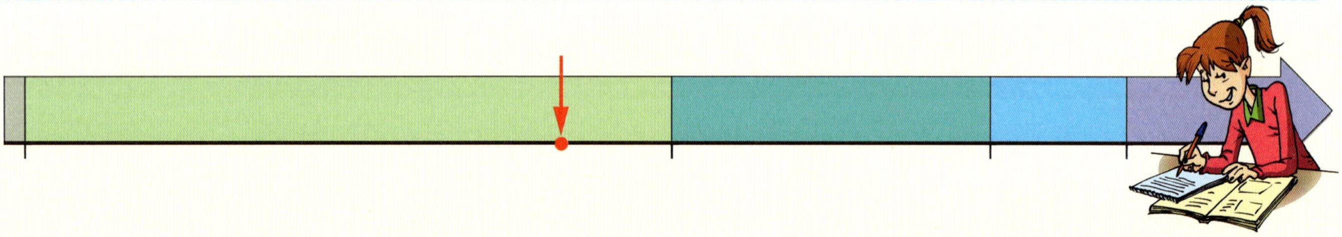

15 Analiza un mapa histórico.

a) Dibuja un mapa mudo del área mediterránea y sitúa los siguientes datos geográficos y políticos.

Hispania — Egipto — Grecia — Roma — mar Mediterráneo

b) Busca el mapa actual de Europa en tu *Atlas*. ¿Se sitúan estos lugares en el mismo sitio?

16 En cada línea de este texto se han colado errores. Cópialo corregido en tu cuaderno y compáralo con el de tu compañeros. ¿Has acertado?

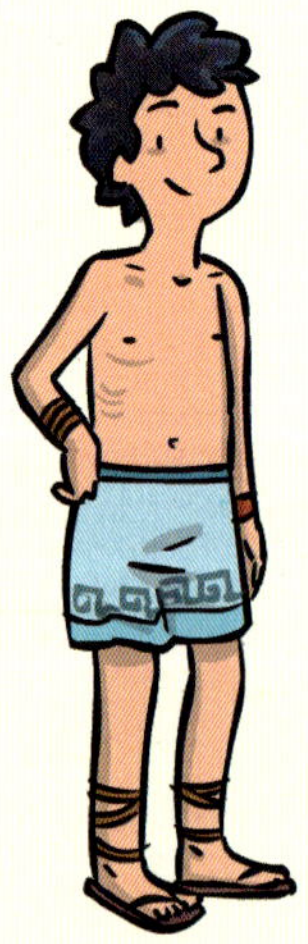

Las primeras civilizaciones

- Las civilizaciones antiguas estaban gobernadas por un rey y eran monoteístas, es decir, adoraban a varios dioses.
- Estas sociedades construyeron las primeras aldeas con grandes palacios para los reyes.
- En las civilizaciones antiguas existían fuertes igualdades sociales. Las mujeres, por ejemplo, tenían más derechos que los hombres.
- Los primeros pueblos con pinturas que llegaron a la península Ibérica fueron los egipcios, los griegos y los cartagineses.

17 Copia esta tabla en tu cuaderno y úsala para preguntar a un compañero. Anota sus respuestas y señala qué sabe y qué necesita repasar. Explícale aquello que no comprenda bien.

Pregunta	Respuesta	¡Lo sabes!	¡Necesitas repasar!
¿Qué civilización organizaba la vida en polis?	●●●	●●●	●●●
¿Quiénes llamaron Hispania a la península Ibérica?	●●●	●●●	●●●
¿Quiénes poblaron primero el mar Mediterráneo, los griegos o los fenicios?	●●●	●●●	●●●
¿Con qué pueblos comerciaron los íberos?	●●●	●●●	●●●
¿Qué otro pueblo surgió de los fenicios? ¿Con qué dos nombres eran conocidos sus habitantes?	●●●	●●●	●●●

¿Qué pueblo prerromano es?

18 Fíjate en el dibujo y trabaja en grupo para responder a las cuestiones.

a) En grupos, copiad el mapa de los pueblos prerromanos en una cartulina grande.

b) Escribid y recortad etiquetas como estas. Colocadlas en la zona correcta del mapa.

Vivían en castros. | Apenas comerciaban. | Se situaban en el norte. | Vivían en pueblos fortificados. | Conocieron la escritura . | No conocían la moneda. | Vivían en pueblos fortificados y elevados. | Tenían poco desarrollo cultural. | Trabajaban la artesanía.

c) Fíjate en la ilustración y describe la vida en el poblado. ¿A cuál de los tres pueblos prerromanos de tu mapa corresponde?

3 La civilización romana

¿Sabías que en muchos países de Europa la palabra "pan" se dice prácticamente igual? ¿A qué se debe?

¿Qué fue Roma?

Roma fue una ciudad fundada en la **península Itálica** durante el siglo VIII a. C. Estuvo gobernada por reyes hasta que, en el año 509 a. C., sus habitantes organizaron una **república**.

La poderosa república romana logró extenderse por el **mar Mediterráneo** y vencer a sus rivales, entre los que destacaron los cartagineses. La conquista de nuevos territorios proporcionó a Roma **riquezas, materias primas y esclavos**.

Las conquistas dieron fama a los **generales** del ejército romano. Su poder creció tanto que la república no pudo controlarlo, y algunos de ellos, como Julio César, tomaron el poder. En el año 27 a. C., el general Octavio Augusto fue nombrado **emperador**.

LAS PROVINCIAS ROMANAS

De origen hispano, Trajano llegó a ser emperador de Roma. Otros emperadores hispanos fueron Adriano y Teodosio.

¿Cómo vivían los romanos?

Los romanos dividieron los territorios conquistados en **provincias**. En ellas construyeron **ciudades** con edificios para el ocio, templos y acueductos. A los habitantes nativos de esas zonas les transmitieron su **idioma**, sus **costumbres** y sus **leyes**.

En Roma existieron fuertes **desigualdades** sociales:

- Los **hombres libres** tenían derechos, eran dueños de tierras y negocios, y pagaban pocos impuestos. Los que más posesiones y derechos acumulaban eran patricios. El resto, plebeyos.
- Los **esclavos** no tenían derechos y eran tratados como propiedades que se compraban y se vendían.
- Las **mujeres** romanas tenían derechos limitados, y dependían de su padre o su marido. Sin embargo, eran muy respetadas en la sociedad.

smSaviadigital.com
COMPRENDE La **sociedad romana.**

LA VIDA EN ROMA

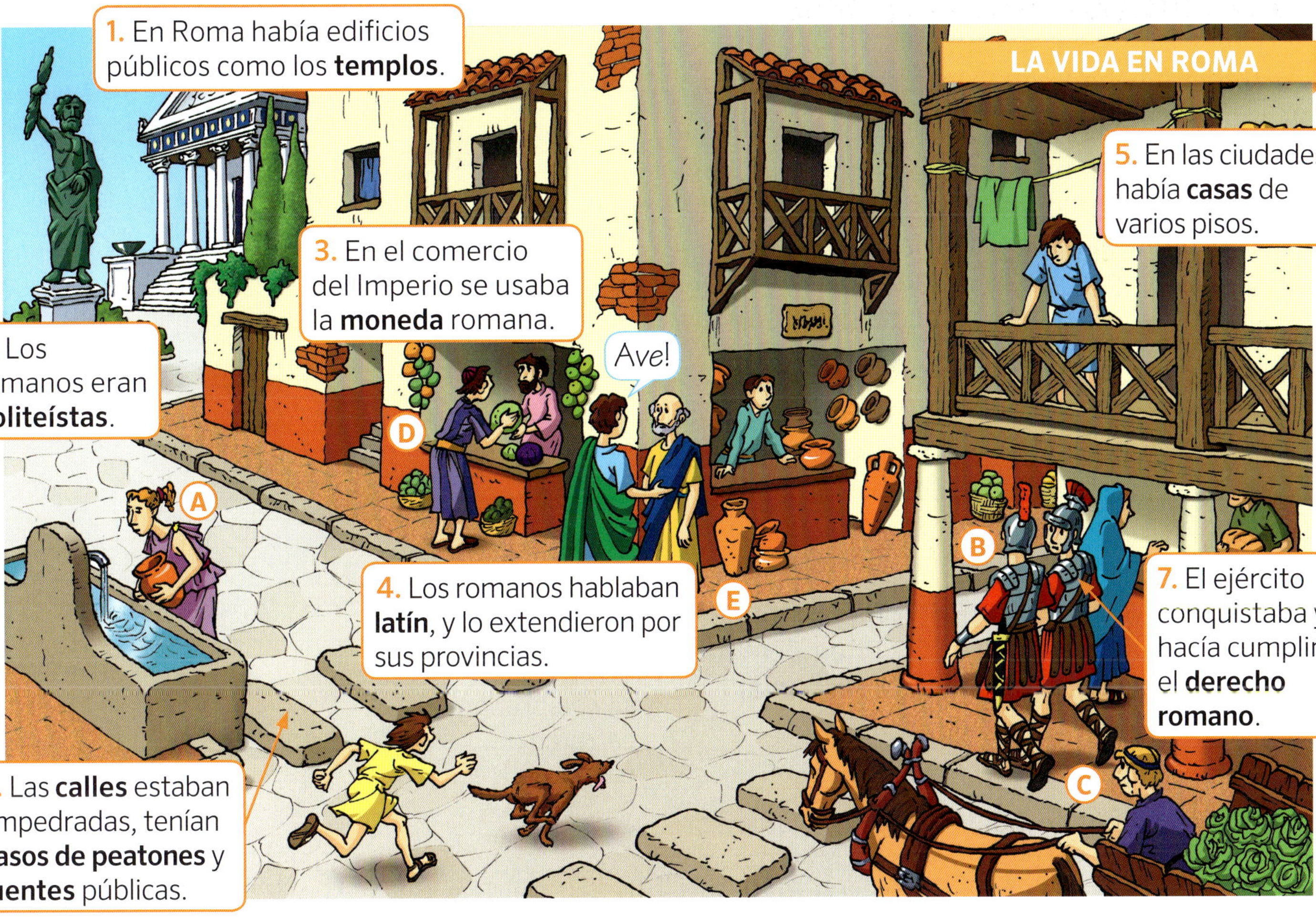

- Roma fue, sucesivamente, una **monarquía**, una **república** y un **imperio**. Llegó a dominar las costas mediterráneas.
- Las riquezas de los territorios conquistados permitieron el **desarrollo** de Roma, pero también las **desigualdades** sociales.

A. Esclava doméstica
B. Soldados plebeyos
C. Esclavo del campo
D. Comerciantes plebeyos
E. Patricios

Actividades

19 Copia los siguientes hechos en el orden correcto.

República romana | Monarquía romana | Imperio romano | Origen de Roma | Mayor poder de los generales

Usa todos tus recursos

20 Imagina que eres un patricio, un plebeyo o un esclavo romano y escribe un diario de un día en tu vida. Aprende más sobre ellos en la página 142.

21 Las casas de pisos estaban habitadas por plebeyos. ¿Dónde vivían los patricios? Averígualo en la página 143.

22 smSaviadigital.com
PRACTICA La **mitología** romana.

23 Los romanos comían cereales, aceite de oliva, verduras, huevos, queso y poco pescado y carne. ¿Son alimentos sanos? ¿Se parece a tu dieta?

4 La romanización de Hispania

Carthago delenda est! O lo que es lo mismo, "¡Cartago debe ser destruida!"

Esta frase se usa hoy para describir a alguien que lucha por un logro. Su origen está en las **guerras púnicas** que enfrentaron a Roma contra los cartagineses, sus grandes rivales en el Mediterráneo. Tras cien años de lucha, Roma venció y arrasó Cartago.

Hispania, una conquista difícil

En el siglo III a. C., Roma derrotó al general cartaginés **Aníbal** en Hispania. Así se inició la conquista romana de la península Ibérica.

Los pueblos del norte resistieron durante dos siglos, pero en el siglo I a. C., el emperador **Octavio Augusto** conquistó toda **Hispania**.

¿Qué fue la romanización?

Al igual que el resto del Imperio, Hispania se organizó en **provincias**. En ellas se levantaron **ciudades** a imagen de Roma, con grandes edificios como los teatros y los templos, y con avances como los acueductos y las fuentes.

También se construyeron **puentes y calzadas** que agilizaron los viajes a Roma y facilitaron el transporte y el comercio.

Por su parte, los habitantes de Hispania adoptaron el latín, y las costumbres y leyes romanas. Este proceso se denomina **romanización**.

LAS VÍAS ROMANAS EN HISPANIA

Arco de triunfo de **Medinaceli**, en Soria.

Teatro romano de Mérida.

EDIFICIOS ROMANOS

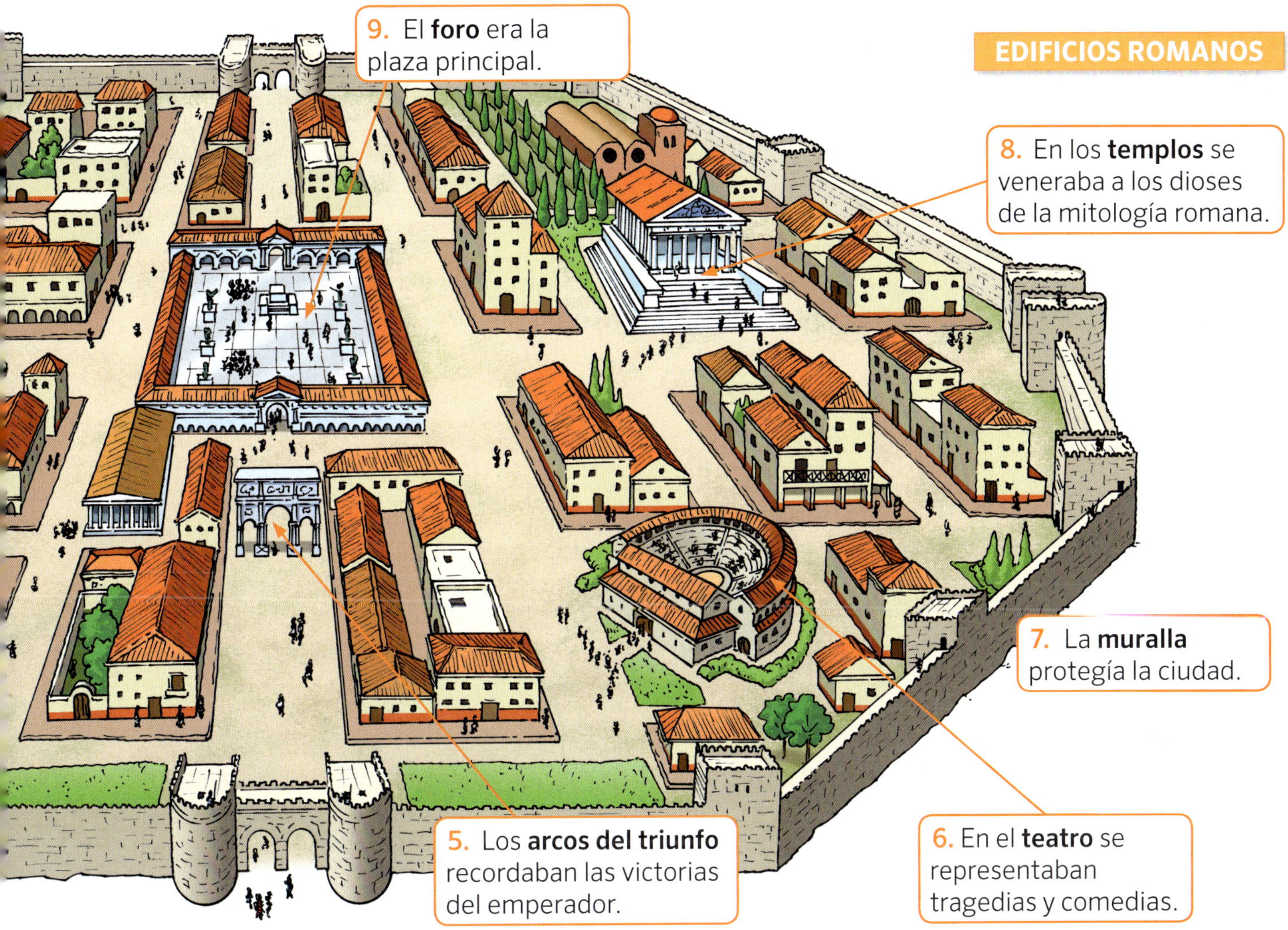

Acueducto de **Segovia**.

- La **conquista romana de Hispania** se inició en el siglo III a. C., y finalizó en el siglo I a. C. con el emperador Augusto.
- En España se conservan **numerosos edificios** de la época romana.

Actividades

24 Explica qué fue la romanización.

25 Describe y dibuja cuatro edificios destacados de la ciudad romana.

Usa todos tus recursos

26 Un soldado romano se entrenaba andando 25 kilómetros diarios. ¿Cuántos días tardaría en recorrer los 2.460 kilómetros entre Roma y Gades?

27 Analiza la importancia de las obras públicas en tu vida. ¿Cuáles usas a diario? ¿Cómo sería un día de tu vida sin ellas?

28 sm**Savia**digital.com
PRACTICA **¿Cómo vivían** los antiguos romanos?

5 La caída del Imperio romano

Los romanos forjaron el imperio más grande y duradero que ha existido en Europa. Entonces, ¿cómo desapareció? ¿Quién logró vencer a Roma?

Los germánicos eran considerados "**bárbaros**", es decir, no civilizados.

Un siglo de cambios

La desaparición del Imperio romano fue un **proceso lento**.

Desde el **siglo III d. C.**, el Imperio detuvo su expansión. Roma dejó de recibir riquezas y esclavos, e inició una **gran crisis**.

Observa y comprende — La crisis del siglo III en el Imperio romano

Cambios económicos. Al reducirse la llegada de riquezas y esclavos, Roma necesitaba otra forma de ingresar dinero y subió los **impuestos** a los ciudadanos.

Cambios políticos. Las fronteras del Imperio quedaron desprotegidas y los **pueblos germánicos** del norte de Europa atacaron las ciudades romanas.

Cambios sociales. Muchas familias abandonaron las ciudades huyendo de los impuestos y de las invasiones germánicas. La vida se desarrolló en el **campo** y las ciudades perdieron su esplendor.

Cambios culturales. En el siglo I, Jesús de Nazaret predicó la religión cristiana, que negaba el politeísmo y las desigualdades de la sociedad romana. La crisis extendió esta nueva religión por el Imperio.

La caída de Roma y el fin de la Edad Antigua

En el siglo IV, el emperador Teodosio, de origen hispano, estableció el cristianismo como religión oficial de Roma. A su muerte, dividió el imperio entre sus dos hijos: se crearon así el **Imperio romano de Occidente** y el **Imperio romano de Oriente**.

En el **siglo V**, los pueblos **germánicos** atacaron el Imperio occidental desde varias fronteras y lograron invadirlo. Algunos de ellos, como los visigodos, se instalaron en Hispania.

La caída del último emperador del Imperio romano de Occidente marca el **fin de la Edad Antigua**.

¿Sabías que...?

En el siglo VI, el Imperio de Oriente logró recuperar durante un tiempo posesiones en occidente. ¡Incluso en Hispania!

LA CAÍDA DEL IMPERIO ROMANO

- El **Imperio romano de Occidente** cayó ante los bárbaros en el año 476. Los germanos vencieron al último emperador, Rómulo Augústulo, que tenía 13 años.
- El **Imperio romano de Oriente** o **Imperio bizantino** resistió a las invasiones y perduró durante mil años más. Su capital era Constantinopla (Bizancio).

- La **crisis** del imperio romano se inició en el **siglo III**.
- En el **siglo V** los **pueblos germánicos** invadieron el Imperio romano de Occidente dando **fin a la Edad Antigua**.

Actividades

29 Corrige el texto en tu cuaderno:

> En el siglo III, la fortaleza de las fronteras del Imperio impidió las invasiones celtas. Como consecuencia, se bajaron los impuestos y las personas huyeron a las ciudades.

30 Trabaja con el mapa.

a) Nombra las capitales de los imperios romanos de Oriente y Occidente.

b) ¿Cuál era el extremo más occidental del Imperio romano de Occidente?

Usa todos tus recursos

31 smSaviadigital.com **JUEGA Y APRENDE** ¿Qué edad de la Historia comienza con la **caída del Imperio** romano?

32 En grupos, buscad el significado de estas palabras y explicad su relación con el cristianismo.

catacumbas · Jesucristo · crucifixión · bautismo

Organiza tus ideas

LA EDAD ANTIGUA

- **Primeras civilizaciones**
  - surgen cerca de → grandes ●●●
  - inventan la → ●●●
  - y tienen un gran → desarrollo económico y cultural
- **Península Ibérica**
  - **Pueblos prerromanos**
    - eran los → pueblos del ●●●, celtíberos, ●●●
    - y entraron en contacto con → los ●●● y griegos
  - **Romanización**
    - Hispania queda dividida en → ●●● romanas
    - y los pueblos prerromanos adoptan → la lengua, las costumbres, ●●●

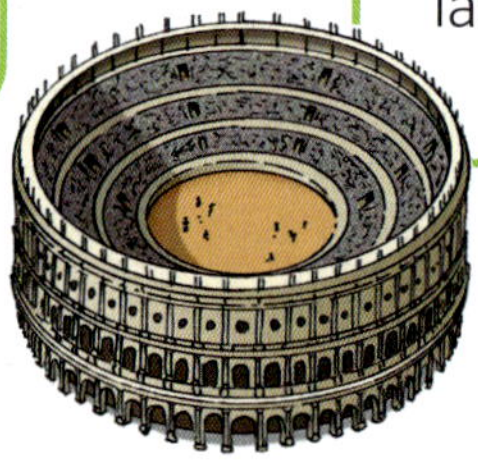

Trabaja con el esquema

33 Copia y completa el esquema anterior en tu cuaderno.

34 Define estos términos.

politeísta · púnico · fenicio · república · germánico

35 Transforma la información del esquema en un texto con varios párrafos que empiecen de este modo.

a) En la Edad Antigua aparecen las primeras ●●●.

b) Las primeras civilizaciones surgieron en los valles de algunos ●●●.

c) En la península Ibérica vivían los pueblos ●●●, que eran los ●●●, ●●● y ●●●.

d) La romanización de la península Ibérica consistió en ●●●.

36 Añade estos datos a tu esquema.

a) Tres características de las primeras civilizaciones.

b) Dos ejemplos de construcciones romanas en Hispania.

37 Copia esta tabla y complétala con la lista de avances o características.

China	Egipto	Grecia	Roma	Fenicia
●●●	●●●	●●●	●●●	●●●

culturas clásicas · Imperio · alfabeto · grandes ríos · obras públicas · polis · Mediterráneo · politeístas · comercio · romanización · circo · provincias · jeroglíficos · latín

Repasa la unidad

38 ¿Por qué se dice que Roma vivió una crisis en el siglo III? ¿Cuál fue su origen?

39 ¿Qué pueblo se describe?

a) Lee el texto y anota en tu cuaderno el nombre del pueblo.

> **Hallado un poblado de la Edad Antigua**
>
> Vivían en poblados del norte de Europa dedicados a la ganadería. Fueron duros guerreros y saquearon las ciudades del Imperio romano antes de su división. Finalmente invadieron el Imperio en el siglo V.

b) Dibuja un guerrero de ese pueblo en tu cuaderno y señala qué armas usaba.

40 Enumera las diferencias entre los íberos y los pueblos prerromanos del norte de la península Ibérica.

41 Los dioses de Grecia y Roma tenían características parecidas, pero nombres distintos. Aquí puedes ver su nombre en griego.

AFRODITA

ZEUS

ATENEA

POSEIDÓN

ARTEMISA

APOLO

a) Elige un dios griego y busca el dios romano equivalente. Compáralos.

b) Expón tu investigación delante de tus compañeros.

42 Investiga. ¿Qué planetas del sistema solar llevan el nombre de dioses clásicos? ¿Son nombres griegos o romanos?

43 Adivina adivinanza.

> He estudiado con ganas,
> y sé trazar pictogramas.
> Escribo para un dios-rey,
> que es quien me dicta la ley.

a) ¿Cuál es mi profesión?

b) ¿En qué civilización vivo?

c) ¿Soy privilegiado o pobre?

44 Copia el mapa de las calzadas romanas en Hispania y realiza las actividades.

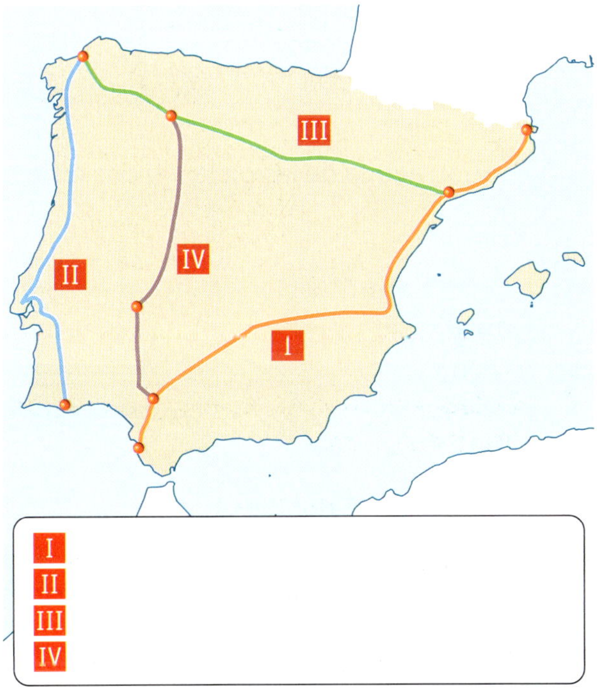

a) Completa la leyenda. Asigna un color diferente a cada vía y añade el nombre de las ciudades que unía.

b) Investiga. ¿Pasaba alguna vía romana cerca de tu localidad? ¿Cuál? ¿Qué poblaciones comunicaba?

c) Busca información. ¿Qué es hoy día la Vía de la Plata? ¿Qué ciudades une?

smSaviadigital.com

VALORA LO APRENDIDO Comprueba lo que sabes en la **autoevaluación**.

Ponte a prueba

A la moda

La moda en Roma imponía muchas normas. Los hombres libres usaban la toga, que los esclavos y extranjeros tenían prohibida. Los niños vestían túnicas cortas con una raya roja, y solo los soldados podían llevar pantalón... ¡Era una prenda de bárbaros!

El pelo era muy importante. Los hombres disimulaban sus calvas con pintura y pelucas, y las romanas llevaban peinados demasiado complicados... Hasta necesitaban pelo postizo.

1. ¿Permanece alguna de estas costumbres de moda en la actualidad?
2. ¿Crees que hoy día existen diferencias de vestimenta entre las clases sociales? ¿Y entre personas de distintas edades?

Tarea final Una carrera histórica

Con ayuda de las pistas dadas en la página 142, vamos a jugar al circo romano.

PASO 1 En grupos, dibujad un circo romano como este en una cartulina y divididlo en 13 casillas. Cada casilla será un siglo, desde el VIII a. C. hasta el V d. C.

PASO 2 Ordenad los hechos colocándolos en las casillas correspondientes.

división del Imperio - fundación de Roma - caída de Roma - proclamación del Imperio - creación de la República - aparición del cristianismo - primeras invasiones bárbaras

smSaviadigital.com

VALORA LO APRENDIDO ¿Cómo has trabajado en esta **tarea**?

¿Quién vacía y llena el Mediterráneo?

Hace 6 millones de años, el mar Mediterráneo se cerró y gran parte del agua se evaporó. Quedaron tan solo pequeños lagos a casi 1.000 metros por debajo del nivel del mar.

Sin embargo, hace 5,3 millones de años el océano Atlántico logró traspasar Gibraltar y el Mediterráneo se volvió a llenar. ¡Menuda inundación!

Los romanos llamaban *Mare Nostrum* al mar Mediterráneo? ¿Por qué?

¡Viejo pero muy válido!

El derecho romano fue el conjunto de leyes que tenían los romanos para juzgar con sencillez y facilidad las disputas entre sus ciudadanos.

Aunque parezca mentira, muchas leyes actuales provienen de él. Y todavía en los juicios se escucha: "El derecho romano dice…". ¡Con los siglos que han pasado desde entonces!

En la época romana, ¿todos los ciudadanos tenían los mismos derechos?

Delante de las narices

Hoy día ya sabemos cómo se trasladaban las enormes piedras con las que se construyeron las pirámides: en trineo sobre la arena del desierto.

Pero durante años, numerosos científicos intentaron averiguar cómo fue esto posible sin que tales trineos se hundieran en la arena con tanto peso. En este grabado, los egipcios nos dejaron dibujado su secreto.

¿Qué hace el egipcio del grabado? ¿Para quién eran las pirámides?

Los primeros médicos españoles

Antes de la llegada de los fenicios, los celtas tenían a sus propios médicos: los druidas. Eran poderosos y velaban por la salud del pueblo. Además, conocían los secretos de los bosques y sus plantas.

¿Qué pueblos vivían en la Península cuando llegaron los fenicios?

¿Sin brazos?

Las esculturas griegas y romanas que conservamos en museos tienen, normalmente, algo en común: les faltan los brazos.

Pero no penséis que se hicieron así. A lo largo del tiempo las guerras, saqueos y destrucciones, los golpes y las caídas rompieron los brazos…

¿Cuáles eran las culturas clásicas de la Antigüedad?

Comprueba lo que has aprendido

Test

¿Puedes recordar todo lo que has aprendido durante este trimestre? ¡Compruébalo!

1. ¿Qué es la Historia?
   - A. Es la ciencia que estudia el comportamiento de los seres vivos.
   - B. Es la ciencia que estudia la evolución del ser humano.
   - C. Es la ciencia que estudia los materiales del universo.

2. Las etapas de la Prehistoria son:
   - A. Edad Antigua, Paleolítico y Neolítico.
   - B. Paleolítico, Neolítico y Edad de los Metales.
   - C. Edad Media, Edad Moderna y Edad Contemporánea.

3. ¿Cómo vivían los humanos en el Paleolítico?
   - A. Eran sedentarios.
   - B. Eran nómadas.
   - C. Vivían en poblados.

4. ¿Cuáles fueron los principales inventos del Neolítico?
   - A. El arado, la cerámica, la rueda y los tejidos de lana y lino.
   - B. La piedra tallada y las pinturas rupestres.
   - C. Las hachas de piedra y los vestidos de piel de animal.

5. ¿Qué es la metalurgia?
   - A. Pulir la piedra.
   - B. Fabricar hachas de piedra.
   - C. Trabajar los metales fundidos para fabricar herramientas.

6. ¿Cuáles eran las primeras civilizaciones históricas?
   - A. Mesopotamia, Roma, Hispania y Egipto.
   - B. Mesopotamia, Egipto, India y China.
   - C. Egipto, Roma, Hispania y Grecia.

7. Los pueblos prerromanos de la Península Ibérica eran:
   - A. Los pueblos del norte, los celtíberos y los íberos.
   - B. Los fenicios, los griegos y los cartagineses.
   - C. Los íberos, los hispanos y los fenicios.

8. Las personas con más privilegios en la sociedad romana eran:
   - A. Los plebeyos.
   - B. Los hombres semilibres.
   - C. Los patricios.

9. Los viajes desde Hispania a Roma se agilizaron gracias a:
   - A. Las ruedas de los carros.
   - B. Las calzadas y los puentes.
   - C. Los caballos.

10. ¿Qué puso fin a la Edad Antigua?
    - A. La caída del Imperio romano.
    - B. La formación del Imperio romano.
    - C. La llegada del cristianismo a Roma.

smSaviadigital.com REPASA

¿Por qué es tan importante la rueda?

¿Has pensado alguna vez en cómo sería tu vida si no se hubiera inventado la rueda? ¿Cómo te desplazarías de un lugar a otro? ¿Y cómo llevarías cargas pesadas?

Antes de la utilización de la rueda, los humanos llevaban el peso sobre sus espaldas o sobre animales. Esto limitaba los transportes, pues tardaban mucho y no podían trasladar sus mercancías a lugares demasiado lejanos.

1. ¿En qué etapa de la Prehistoria se inventó la rueda?
2. ¿Cómo ayudó la rueda al comercio? Explícalo en una breve redacción.
3. Las primeras ruedas eran de piedra. Dibuja una rueda antigua y una rueda de bicicleta actual.
   a) ¿En qué se parecen y en qué se diferencian?
   b) ¿Qué pasaría si montases en una bicicleta con ruedas de piedra? Escribe en tu cuaderno una ventaja y un inconveniente.

¿Cómo funcionaban los acueductos?

¿Has visitado alguna vez un acueducto romano?

Aunque lo hayas hecho, es difícil que hayas podido asomarte a su parte superior. Es por ahí por donde circulaba el agua desde los embalses hasta las ciudades de la Antigua Roma.

1. Investiga. ¿Qué acueductos romanos se conservan en España? ¿Hay alguno en tu comunidad autónoma?
2. Observa el acueducto de la ilustración.
   a) ¿Por qué crees que se construían con arcos? Debátelo en clase.
   b) ¿Qué otros edificios romanos conoces en los que se usaran arcos?
3. ¿En qué siglo lograron dominar los romanos toda la península Ibérica? ¿Hasta cuándo?
4. ¿Cómo llega el agua hasta tu casa hoy día? ¿Por qué crees que ya no se utilizan los acueductos?

Un encuentro entre culturas

PROYECTO TRIMESTRAL
Descubrimos la historia

¡Conozcamos los orígenes!

Conocer las costumbres y las formas de vida de algunas culturas antiguas es muy interesante.

Algunos de aquellos remotos pueblos fueron el origen de muchas de las culturas que existen hoy día. ¡Vamos a conocer algunos detalles de la vida cotidiana de dos culturas antiguas!

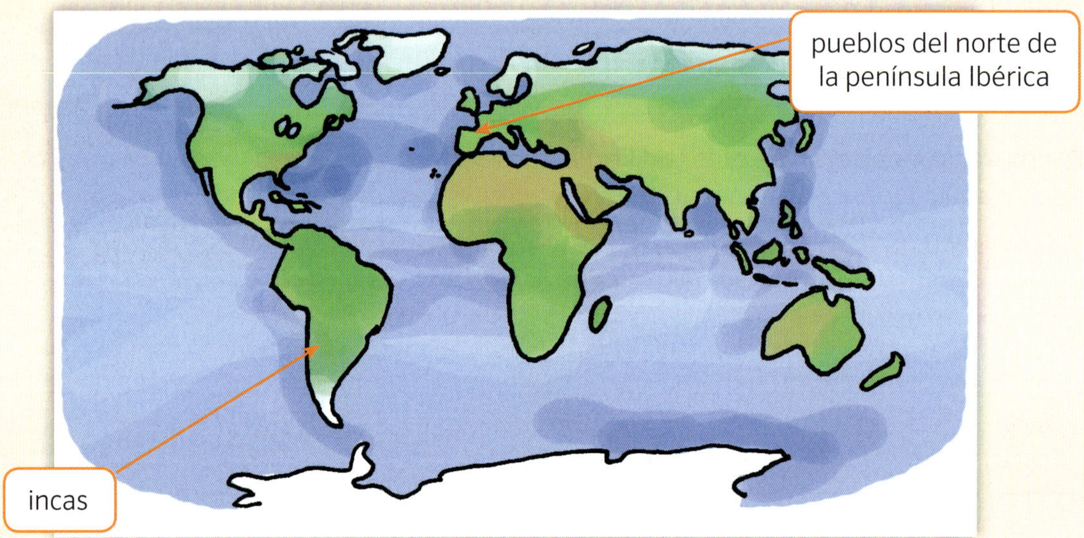

1 **¿Sabes cómo eran algunos pueblos que habitaban la península Ibérica hace unos 2.500 años? Lee esta información y contesta a las preguntas.**

LOS PUEBLOS DEL NORTE

Los pueblos que habitaban el norte de la península Ibérica vivían en poblados de casas circulares, llamados castros.

Las paredes de las casas eran de piedra o adobe y el techo, sostenido por un tronco, se fabricaba con palos y paja.

Normalmente el castro estaba rodeado por una cerca de piedra para su defensa.

Las viviendas tenían muebles básicos, como mesas y bancos.

a) ¿Cómo se llamaban las viviendas de estos pueblos del norte de la península Ibérica?

b) ¿Qué forma tenían esas viviendas?

c) ¿Con qué materiales se construían las paredes? ¿Y el techo?

2 **Al otro lado del océano Atlántico, también existían importantes culturas con sus propias costumbres y formas de vida.**

LOS INCAS

El pueblo inca situaba sus viviendas entre el valle, donde se cultivaba, y la cima de la montaña, donde estaban los pastos.

Sus casas eran rectangulares. Las hacían con adobe y paja seca, o con piedras y rastrojos.

Todas tenían un patio cercado para guardar los animales. No tenían muebles, pero sí objetos domésticos, como telares y vasijas.

- Realiza una tabla en tu cuaderno con las similitudes y diferencias entre las viviendas de los pueblos del norte de la Península y las de los incas.

3 **Otro aspecto muy interesante que nos ayuda a conocer un poco más a estas culturas son los animales más importantes para ellos.**

PUEBLOS DEL NORTE PENINSULAR		CIVILIZACIÓN INCA	
animal doméstico	animal sagrado	animal doméstico	animal sagrado

caballo	buitre	alpaca	puma

a) ¿Cuál de estos cuatro animales te resulta más familiar?

b) ¿Qué animal te llama más la atención? ¿Por qué?

c) ¿Por qué crees que tenían animales sagrados? ¿Qué podían representar?

d) ¿Para qué crees que usaban los incas a las alpacas? ¿Y los pueblos del norte de la península Ibérica a los caballos?

¿Asteroide, cometa o meteorito?

En el sistema solar no solo hay planetas, satélites y el Sol. Existen muchos otros cuerpos que giran alrededor de las estrellas y los planetas.

Los **cometas** son cuerpos de roca, polvo y hielo que, al igual que los planetas, giran alrededor de una estrella. Cuando se acercan al Sol, el hielo se evapora y deja el rastro de una larga estela luminosa.

Los **asteroides** son cuerpos rocosos que giran alrededor de una estrella y que carecen de luz propia. En el sistema solar existe un gran cinturón de asteroides entre Marte y Júpiter.

Los **meteoritos** son pequeños fragmentos de roca que chocan con la atmósfera de la Tierra a gran velocidad. Este contacto provoca que se incendien y formen las llamadas estrellas fugaces.

1. ¿En qué se diferencia un cometa de una estrella fugaz?

Un telescopio de más de 400 años

1. En 1609, el astrónomo italiano Galileo Galilei construyó el **primer telescopio**. Permitía ver los objetos como si estuviesen mucho más cerca.

2. Hoy día existen telescopios muy potentes, tanto en la Tierra como en el espacio. El **Gran Telescopio de Canarias** (GTC) es el más grande del mundo. Con él, los científicos pueden observar la inmensidad del universo.

2. ¿Para qué sirve un telescopio?

3. Busca el nombre de un telescopio espacial.

Viajar por el espacio

En 1961, el cosmonauta ruso **Yuri Gagarin** viajó por primera vez al espacio y dio una vuelta completa a la Tierra. Dos años después, **Valentina Tereshkova**, también rusa, fue la primera mujer en viajar al espacio.

En 1969, tres astronautas de Estados Unidos, **Neil Armostrong**, Michael Collins y Edwin Aldrin, llegaron a la Luna.

La cosmonauta Valentina Tereshkova tras regresar de su viaje por el espacio exterior.

Tripulante de la nave *Apolo 11* pisando el suelo de la Luna.

Misión a Marte

En la actualidad numerosos países exploran el universo: Alemania, Italia, Francia, China, Japón, India, Israel, Canadá, Irán… Algunas de sus misiones espaciales han alcanzado otros planetas del sistema solar, e incluso han salido de nuestro sistema planetario.

La Agencia Espacial Europea (**ESA**) es una de las más importantes del mundo. En 1998 envió al espacio al **primer astronauta español**, Pedro Duque. En 2014 logró situar la primera sonda espacial sin tripulantes sobre un cometa.

La ESA participa en la **Estación Espacial Internacional**, un impresionante centro de investigación que orbita alrededor de la Tierra desde 1998. Esta estación se ha construido en el espacio, uniendo una pieza tras otra, como un gran juego de construcciones. En ella pueden vivir hasta seis personas.

4. ¿Qué es un cosmonauta?

5. ¿Por qué es importante la exploración del espacio?

Aprende más El tiempo y el clima

¿Qué formas tienen las nubes?

Las nubes están formadas por millones de **pequeñas gotitas de agua** o, si hace mucho frío, por **cristales de nieve**. Cuando miramos las nubes, solemos buscar parecidos entre sus formas y las de animales o muñecos. Pero al observarlas, podemos saber también si va a llover o no: ¡su altitud y su forma nos lo dicen!

1. ¿Qué ocurre con el agua que contienen las nubes cuando llueve: se calienta o se enfría?

¿Se puede dibujar el clima?

Los registros de temperaturas y precipitaciones de un lugar se pueden representar a través de gráficos.

Gráfico de temperaturas

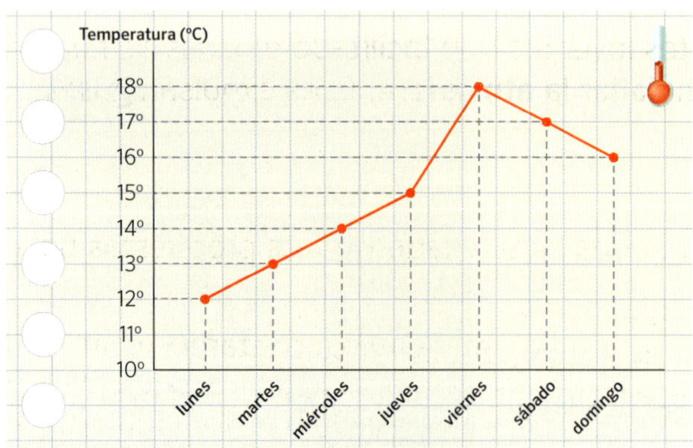

En el eje vertical se indican los grados centígrados (°C) y abajo, los días. Donde se cruzan los datos, se marcan puntos y luego se unen formando una línea. Así vemos cuándo suben y bajan las temperaturas.

Gráfico de precipitaciones

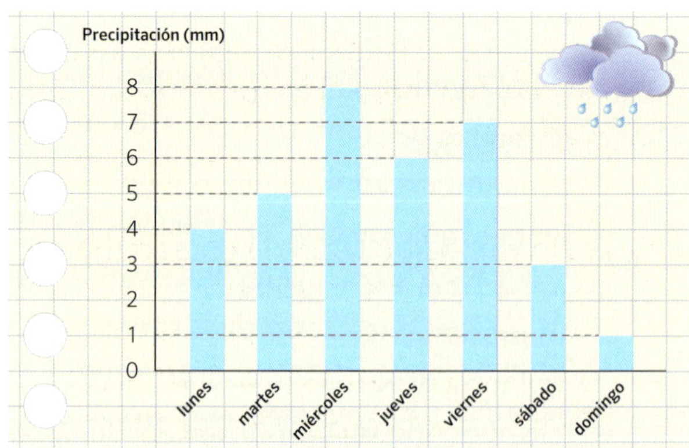

En el eje vertical se marca la cantidad de agua que cae en milímetros (mm) y abajo, los días. Donde se cruzan ambos datos se trazan señales y se dibujan barras verticales. Así comparamos la cantidad de lluvia caída.

2. Registra durante una semana la temperatura y las precipitaciones del lugar en el que vives y represéntalas mediante gráficos como estos.

Un clima catastrófico

A veces los fenómenos meteorológicos causan **catástrofes naturales** imposibles de controlar. Es importante estar prevenidos y bien **informados** para evitar que los efectos de los fenómenos naturales puedan ocasionar daños a las **personas**. En España se pueden dar **inundaciones** y épocas de gran **sequía**.

Inundaciones: se producen cuando se dan precipitaciones torrenciales, en las que cae mucha agua en muy poco tiempo.

Sequías: son provocadas por largas temporadas sin precipitaciones acompañadas de temperaturas muy altas.

3. ¿Con cuál de estos fenómenos atmosféricos relacionarías estas catástrofes naturales?

viento · temperaturas · agua

El aire que respiramos

Antiguamente no existían los coches ni la calefacción. Estos inventos han facilitado muchas de nuestras actividades diarias, pero si los usamos demasiado pueden **dañar la atmósfera**, pues expulsan **gases** que contaminan el aire.

4. Busca información sobre la contaminación del aire y plantea en tu cuaderno tres propuestas para cada una de estas situaciones.

- Actividades que contaminan el aire.

- Medidas para evitar su contaminación.

Los embalses: lagos artificiales

Los embalses aseguran el **abastecimiento de agua**, incluso en épocas de sequía. Gracias a ellos, los **pueblos** y las **ciudades** cuentan con agua para el consumo humano y los **agricultores** pueden seguir regando sus cultivos.

Además, los embalses permiten producir **energía eléctrica** y previenen inundaciones, ya que regulan el caudal de algunos ríos.

Un embalse es un **gran depósito de agua** construido, de manera **artificial**, en un valle.

Para crearlo se edifica una gran **presa o dique** que impide que el agua de un río siga su curso hasta el mar y almacena el agua.

Vista aérea del embalse y la presa de Aldeadávila, en la provincia de Salamanca.

Los embalses y la naturaleza

Construir un embalse **puede modificar el relieve** y dañar el medioambiente. Retener el agua de los ríos reduce la cantidad de agua que llega a otras zonas, modifica la forma de las playas, de los deltas de los ríos, etc. Por ello, antes de su construcción se deben estudiar muy bien sus beneficios y los posibles daños.

España cuenta con más de 1.200 embalses. Es el país con **más embalses por habitante** del mundo.

LOS EMBALSES DE ESPAÑA

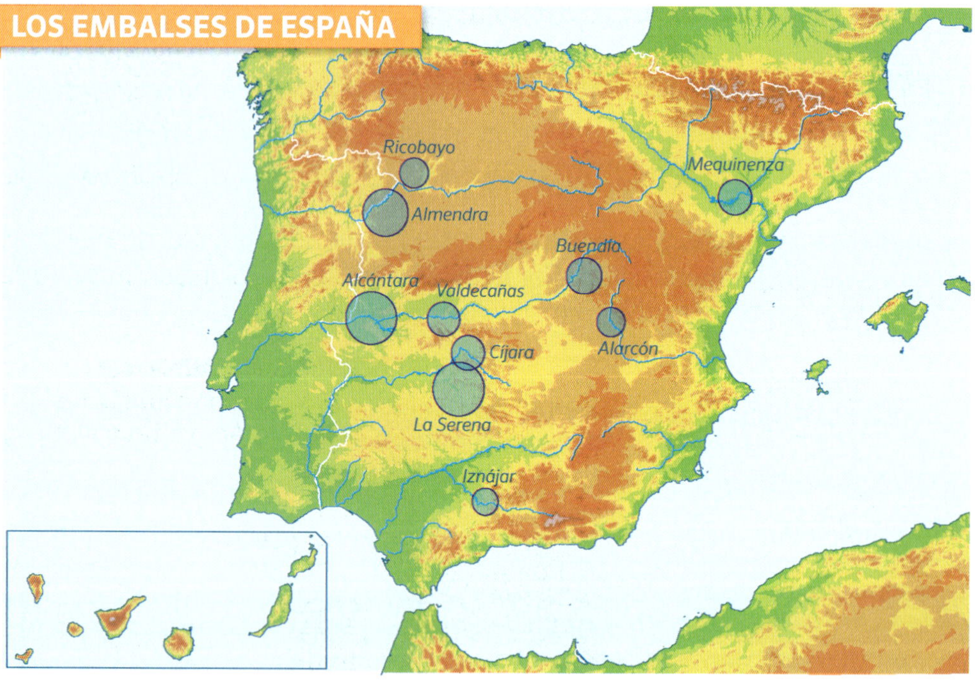

1. ¿Para qué se construyen los embalses?
2. ¿Qué diferencias hay entre un embalse y un lago?
3. ¿Existe algún embalse cerca de tu localidad? ¿Cómo se llama?

De la necesidad al lujo

Desde que el ser humano aprendió a utilizar la primera herramienta de piedra, hace millones de años, las personas han aprovechado los minerales y las rocas de muy **diversas formas**: como adornos de lujo, como material de construcción...

¡A ti también te rodean los minerales y las rocas!

El uso de los minerales

Ciertos minerales se usan tal y como se encuentran en la **naturaleza**, como la sal para cocinar.

Sal

Otros solo se tallan y se emplean directamente **joyas**. Son las gemas o piedras preciosas.

Esmeralda

Algunos minerales sirven como **materia prima** para elaborar otros productos. El yeso, por ejemplo, se elabora para obtener escayola y tiza.

Tiza

Finalmente, algunos minerales necesitan una **gran transformación** hecha con calor o electricidad. Así se obtienen muchos **metales**.

La **bauxita** con la que se hacen los fuselajes de los aviones.

La **hematita** con la que se fabrica la chapa de los coches.

El **litio** que contienen las baterías de los móviles.

El uso de las rocas

Hay rocas que se utilizan **como material de construcción**, por ejemplo, el granito, la arcilla de los ladrillos y la pizarra de los tejados.

Tejado de pizarra

A algunas rocas son útiles en **el hogar**, como la arcilla que usamos en la cerámica.

Cerámica

El uso de combustibles fósiles

Es muy conocido el **uso como combustible**, por ejemplo, del carbón y del petróleo, formados por la acumulación de restos orgánicos. Ambos producen energía al quemarse.

Barril de petróleo

Carbón

¿Una isla o un volcán?

El **archipiélago canario** se formó hace **millones de años** por la acción de los volcanes. Una de sus islas sobresale por encima de las demás, y lo hace precisamente por la altitud del volcán que la forma.

Se trata de la isla de **Tenerife**, en la que se encuentra el **Teide**, que se eleva sobre la isla como una gran montaña. De hecho, ¡es el pico más alto de España!

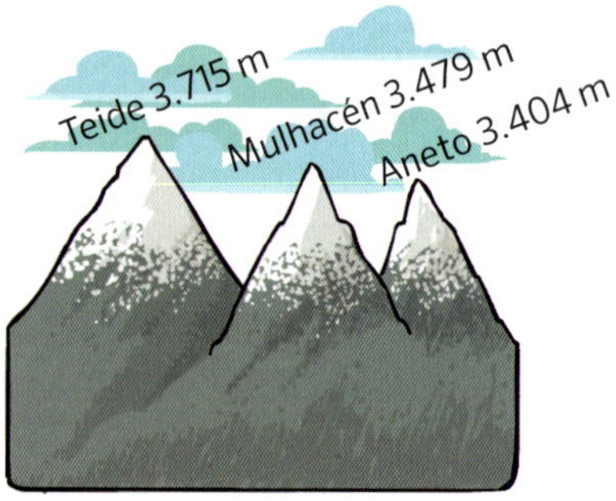

1. ¿Cuál es el segundo pico más alto de España? ¿En qué sistema montañoso se encuentra?

La formación de un río

1. Las **montañas** reciben grandes cantidades de agua de lluvia y de humedad. La inclinación y la altura hacen que el agua circule a gran velocidad hasta llegar a los **valles**, donde se forman los ríos.

2. Las zonas de montaña por las que fluyen los torrentes que llevan el agua a un mismo río forman una **cuenca hidrográfica**.

3. El agua que recogen las cuencas es **agua dulce**, que viaja por los ríos y generalmente llega hasta el mar, donde continúa su ciclo.

2. ¿Qué puede suceder con el agua de una cuenca hidrográfica si no llega a formarse un río? Anota en tu cuaderno todas las opciones que se te ocurran.

El equilibrio ecológico

Todos los elementos que nos rodean y forman los paisajes constituyen un **ecosistema**:

aire + agua + suelo + animales +

plantas + temperatura + luz

Las **relaciones** entre los elementos de un ecosistema son muy importantes, pues garantizan la supervivencia de las especies.

La acción del ser humano puede modificar esas relaciones y poner en peligro el **equilibrio natural**.

3. Explica por qué crees que la temperatura y la luz son también importantes en un ecosistema.

4. ¿Por qué aumenta el riesgo de que las encinas y otras plantas se agoten si crece demasiado la población de ratones y pájaros?

La república parlamentaria

En Europa hay países cuyo Jefe del Estado no es un monarca. Ese sistema se conoce como **república parlamentaria**.

- En las repúblicas parlamentarias **no existe** la figura del **rey**.
- El Jefe del Estado es llamado, generalmente, **presidente de la República**. Para distinguirlo del presidente de la República, la persona que dirige el gobierno en esos países no se llama presidente del Gobierno, sino primer ministro.
- El presidente de la República es **elegido por votación** entre los ciudadanos de su país. A diferencia de los reyes, no hereda su cargo.

La monarquía parlamentaria

REY: Jefe del Estado

- **PRESIDENTE DEL GOBIERNO Y MINISTROS:** Gobierno ejecutivo
- **DIPUTADOS Y SENADORES:** Cortes Generales
- **JUECES:** Tribunales de justicia

1. Busca información sobre qué países de Europa tienen un sistema de gobierno basado en una república parlamentaria.

Comparamos pirámides de población

Como ya hemos visto, una **pirámide de población** es un gráfico que permite conocer el número de personas que habitan en un **lugar** concreto y en un **momento** determinado. Observa estas dos pirámides de población. Una corresponde a un país europeo y la otra, a un país africano.

PAÍS EUROPEO

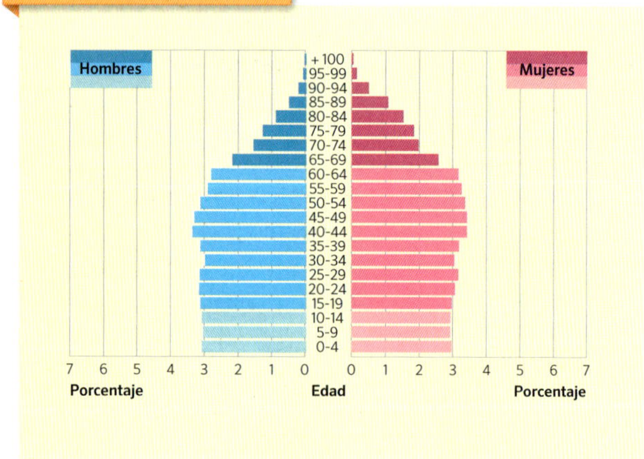

PAÍS AFRICANO

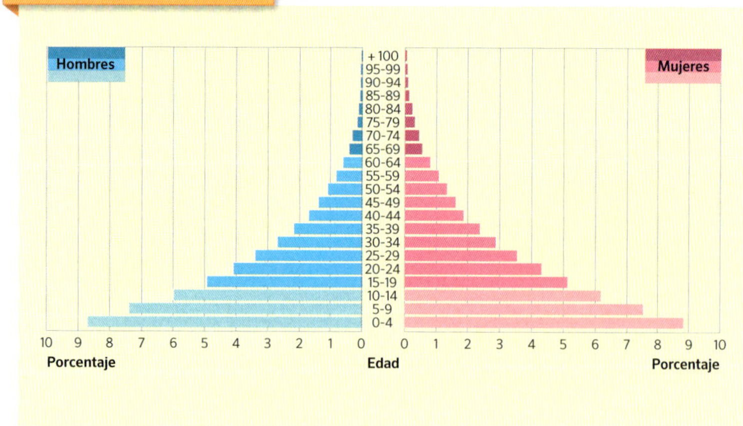

2. ¿Por qué crees que se le llama pirámide a este tipo de gráfico? ¿Crees que el caso europeo forma una pirámide? Razona tu respuesta.

3. ¿Qué diferencias observas entre una pirámide y otra? ¿En cuál hay más niños? ¿Y más ancianos? ¿Qué país tiene un mayor porcentaje de mujeres?

¿Tienes espíritu emprendedor?

Piensa en tu jugador de fútbol preferido o, si lo prefieres, en otro deportista famoso. Todos tienen algo en común: el espíritu emprendedor. Ellos han cumplido su sueño pero, sin duda, no ha resultado fácil y han hecho muchos esfuerzos para conseguirlo. ¿Sabes cómo lo han logrado en el equipo de *Los Futbolísimos*?

Son **disciplinados** porque no faltan a los entrenamientos. Se esfuerzan para mejorar.

Son personas que **se portan bien con los demás** y respetan sus opiniones.

¡A veces no ganan los partidos! Pero saben perder porque **no se desaniman** fácilmente.

Saben lo que **les gusta y aprenden más** cosas sobre ello. Como les gusta el fútbol, no dejan de practicarlo.

Les gusta trabajar en equipo. Confían unos en los otros.

Si quieres poner una empresa, ¡haz un plan!

1. Hay que tener una idea. Piensa en lo que sabes hacer bien. Si te gusta elaborar adornos como pulseras o collares, ¡puedes abrir una tienda!

2. Escribe una lista de las cosas que necesitas. Muchas de ellas puede que ya las tengas: materiales, tijeras, pegamento, etc.

3. Estudia el mercado. Infórmate de si hay posibles clientes para tu negocio o más tiendas dedicadas a lo mismo.

4. Piensa en el nombre de la empresa. ¡Parece que no tiene importancia! Pero la verdad es que la marca hace ganar clientes. Debe ser fácil de pronunciar y divertida.

5. Busca un buen precio y haz promociones. Ni demasiado caro ni muy barato. Las cosas que vendes tienen valor porque las has hecho bien.

6. Haz una buena publicidad. Si tu empresa no es conocida, no vas a encontrar clientes. ¡Corre y cuéntaselo a todo el mundo!

Aprende más La Prehistoria

Contar el tiempo histórico: los números romanos

Para nombrar y contar los años y siglos utilizamos **números**.
En el caso de los siglos y de los milenios, usamos los **números romanos**.

I	V	X	L	C	D	M
1	5	10	50	100	500	1000

Comprende:
XVI corresponde al siglo X + V + I, es decir, 16
XIX corresponde al siglo X + IX, es decir, 19

1. ¿Qué siglos son? XVIII VI XXI

Contar el tiempo histórico: antes y después de Cristo

Para estudiar la historia, es importante saber **a qué siglo pertenece un año**.

- Si un año es un número de **dos cifras**, pertenece al siglo I antes o después de Cristo.

  Año 4 d. C. → siglo I d. C.

  Año 4 a. C. → siglo I a. C.

- Si el año es un número de **tres o más cifras**, calculamos el siglo de la siguiente forma:

  1. Primero, tachamos las unidades y las decenas. **2.** Después, siempre sumamos 1.

año	CM	D	C	U		
476		4	~~7~~	~~6~~	→ 4 + 1 = 5	→ siglo V
1492	1	4	~~9~~	~~2~~	→ 14 + 1 = 15	→ siglo XV

2. Calcula en qué siglos fueron construidas estas embarcaciones.

a) 793 d. C.

b) 1492 d. C.

c) 1803 d. C.

d) 2001 d. C.

El europeo más antiguo

La **teoría de la evolución** explica la transformación de la especie humana desde nuestros primeros antepasados hasta el actual *Homo sapiens*. Este proceso duró **millones de años** y comenzó en **África**, donde se han encontrado los restos de homínidos más antiguos. A lo largo de ese tiempo, nuestros antepasados aprendieron a andar sobre dos pies, a hablar, etc.

Nuestro antepasado más antiguo hallado en **Europa** tiene más de 800.000 años. Fue encontrado en **Atapuerca**, en la provincia de Burgos, en el año 2007.

Homo habilis
Hace 2 millones de años

Homo erectus
2 millones de años - 150.000 años

Hombre de Neandertal
Desde hace 500.000 - 40.000 años

Homo sapiens
Desde hace 200.000 años

3. ¿Desde hace cuánto existe el *Homo sapiens* actual?

Construcciones megalíticas

Un **menhir** pesa unas 100 toneladas. Para levantarlos, los humanos de finales del Neolítico inventaron novedosos **medios de construcción**. Observa cómo se trasladaba y se levantaba un menhir y cómo se construía un dolmen.

1. Se arrastraba el **menhir** utilizando troncos.

2. El **menhir** se colocaba de forma vertical y se sujetaba con piedras.

3. Para construir un **dolmen** se usaban rampas de tierra y se colocaba una piedra horizontal sobre varias verticales.

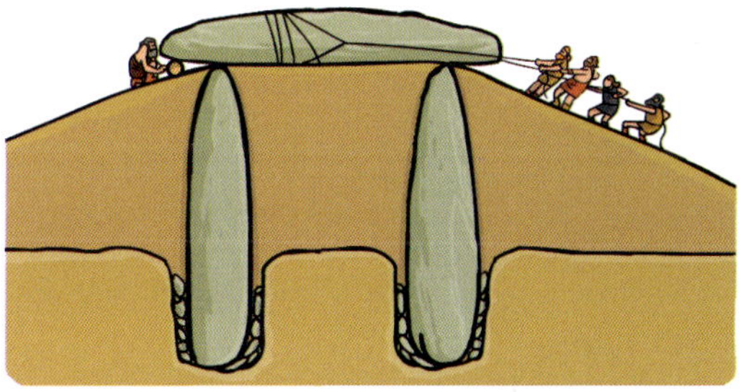

4. Representad en clase un poblado neolítico con las actividades propias de ese período.

Aprende más · La Edad Antigua

Las desigualdades sociales en Roma

En Roma, como en la mayoría de las sociedades de la Edad Antigua, existían fuertes desigualdades sociales.

Observa esta **pirámide social** y los derechos de cada grupo en aquella época.

Los **patricios** eran las familias más poderosas y ricas, pues poseían la mayor parte de las tierras. Eran descendientes de las familias fundadoras de Roma. Tenían derechos políticos y podían formar parte del Senado.

Los **plebeyos** eran pequeños propietarios, artesanos, comerciantes y campesinos. Eran libres pero no podían participar en política, pagaban impuestos y servían en el Ejército.

Los **hombres semilibres** eran antiguos esclavos liberados o personas que trabajaban para los patricios a cambio de un pequeño sueldo.

Los **esclavos** eran prisioneros de guerra, plebeyos arruinados o hijos de otros esclavos. Se los consideraba una propiedad.

En cada uno de estos grupos sociales había **mujeres**, que nunca podían tener derechos políticos, aunque fuesen patricias.

1. ¿Qué grupos sociales existían en Roma?
2. ¿Cuál era el grupo social más numeroso? ¿Por qué piensas que era así?
3. ¿Cómo podía convertirse una persona en esclavo? ¿Por qué no es justa la esclavitud?

Una casa para cada bolsillo

En Roma existían tres **tipos de viviendas** habituales.

En la ciudad

En las ciudades había dos tipos: ínsula y domus.

Las **ínsulas** eran casas de varios pisos con viviendas pequeñas. El edificio se organizaba en torno a un patio comunitario.

Estaban construidas con materiales baratos. Algunos de sus habitantes tenían tiendas o talleres en la planta baja.

Las **domus** eran las viviendas de los más ricos. Eran casas independientes construidas de una sola planta. La casa se organizaba en torno a un patio familiar.

Se conservan varios ejemplos en los que se pueden ver mosaicos, estatuas, etc.

En el campo

Las **villas** de campo eran las casas rurales de los más ricos.

En ellas se cultivaba, se cuidaba ganado y se conservaban alimentos para el propietario y muchos de sus trabajadores.

4. ¿Por qué crees que, tras la crisis del Imperio, se construyeron más villas romanas en el campo?

5. ¿Qué vivienda se parece más a tu casa? Explica por qué.

El libro **Ciencias Sociales 4.º de Primaria** forma parte del Proyecto Editorial de Educación Primaria de SM. En su realización ha participado el siguiente equipo:

Autoría:
Sara Martín Heredia, Ezequiel Parra Benito, José Luis Pérez Bravo
Juan Miguel Hidalgo, Vicente Moratalla (proyectos trimestrales)

Edición: Vanesa Blanco Alonso, Alicia Gallego Cámara, Miguel García del Río, Arturo Martín Garcés, Jaime Muñoz Casillas, Maite Vílchez Gutiérrez (TIC)

Corrección: David Busto Izquierdo

Ilustración:
Ricardo Salas Loizaga; Felipe López Salán/Pencil Ilustradores, S. L.; Alberto Díaz Pérez/Pelorroto; Félix Moreno Arrastio; GlezBros; Enrique Lorenzo (*Los futbolísimos*); Xavier Salomó (cubierta)

Fotografía: Sonsoles Prada, Javier Calbet, Juan Baraja, Sebastián Álvaro, José Vicente Resino Ramos, Almudena Esteban, Sergio Cuesta / ARCHIVO SM; Pedro Carrión Juarez; Andrés Hernández Zuazo; Enrique Lozano; Teresa Biel Tres; Santiago Alberto Moralejo; Peter Rey; GLOW IMAGES / QUICK IMAGE STOCK, S.L.; Kostas Tsipos, Piotr Zawisza / Dreamstime; Uppa / CORDON PRESS; Andy Sotiriou / GETTY IMAGES; ONU (Organización de las Naciones Unidas); CONTACTO; EFE; SCALA; FOTOTECA 9x12; ORONOZ; PRISMA; G TRES ON LINE; LATINSTOCK; DIGITAL VISION; PHOTODISC; CORBIS; PHOVOIR; INGIMAGE; THINKSTOCK; Brand x Pictures; 123RF; SHUTTERSTOCK; iStock; AGE FOTOSTOCK; ALBUM; STOCKBYTE

Edición gráfica: Laura Villanueva Wheeler

Diseño de cubierta e interiores: Estudio SM

Responsable del proyecto: Vanesa Blanco Alonso

Coordinación de contenidos digitales: Mara Mañas Martínez

Coordinación editorial de Humanidades: Javier Rambaud Cabello

Coordinación editorial de Primaria: Nuria Corredera Arana, Nuria Vallina Fernández-Montes

Dirección de Arte del proyecto: Mario Dequel Losa

Dirección editorial: Aída Moya Librero

Ilustración de cubierta de Xavier Salomó, del libro *Versos de colores*, Ediciones SM, 2012.

Todas las actividades contenidas en este libro han de ser realizadas en un cuaderno aparte, nunca en el propio libro.
Los espacios incluidos son meramente indicativos y su finalidad es puramente didáctica.

Gestión de las direcciones electrónicas
Debido a la naturaleza dinámica de internet, SM no puede responsabilizarse de los cambios o las modificaciones en las direcciones y los contenidos de los sitios web a los que remite en este libro.

Con el objeto de garantizar la adecuación de las direcciones electrónicas de esta publicación, SM emplea un sistema de gestión que redirecciona las URL que, con fines educativos, aparecen en la misma hacia diversas páginas web; entre otras de uso frecuente: http://es.wikipedia.org, www.youtube.es. SM declina cualquier responsabilidad por los contenidos o la información que pudieran albergar, sin perjuicio de adoptar de forma inmediata las medidas necesarias para evitar el acceso desde las URL de esta publicación a dichas páginas web en cuanto tenga constancia de que pudieran alojar contenidos ilícitos o inapropiados. Para garantizar este sistema de control es recomendable que el profesorado compruebe con antelación las direcciones relacionadas y que comunique a la editorial cualquier incidencia a través del correo electrónico ediciones@grupo-sm.com.

ISBN General: 978-84-675-7544-6
Deposito legal: M-01.870-2015
Impreso en la UE / *Printed in EU*

Este libro está impreso en papel procedente de bosques gestionados de manera sostenible.